AF409094

FIGLIA DELL'OSCURITÁ

Le Tenebre dell'Anima

Maryon Garreth

A mio marito Paolo.

Grazie, perché mi dai la libertà di far fluire i miei
pensieri con leggerezza, sostenendomi con il tuo amore.

1

L'incubo di quella notte era vivido e reale. Una battaglia feroce, un enorme vortice di fuoco che cercava di incenerirla, e poi la sua caduta dal dirupo che sembrava senza fine. Le tenebre la avvolgevano rendendo anche la stessa quiete macabra, finché quella voce le accarezzò i sensi.

«Sei tornata»

«Dove sono?»

«Nel Nulla»

La voce era più forte di come la ricordava, era come se la udisse vicino e vi scorgeva un tono roco quasi sensuale.

«Fa freddo!» la sensazione di gelo nelle ossa che la portava a battere i denti «È passato così tanto tempo, perché mi hai attirata qui di nuovo?»

«Perché è arrivato il momento di incontrarci Reina» ma istintivamente lei si ritrasse «Non avere paura di me piccola, avvicinati»

«Dimmi chi sei e cosa vuoi da me?»

Qualcosa dentro di lei le diceva di scappare via, mentre un vento improvviso le colpiva la pelle provocandole un brivido lungo la schiena «Stammi lontano!»

Reina si svegliò di soprassalto madida di sudore, negli ultimi mesi quei sogni erano sempre più frequenti, antiche battaglie e creature mostruose la circondavano. Quella notte però era sprofondata in un posto oscuro e al tempo stesso per lei familiare, e poi c'era quella voce che la incantava ogni volta. *Che diavolo mi succede?*

Si alzò dal letto con un senso di nausea allo stomaco, scese al piano di sotto e dopo aver bevuto dell'acqua si diresse nel giardino esterno dietro casa. Quella tenuta immersa nei boschi dove i loro amati lupi potevano vivere indisturbati senza il timore dei cacciatori, lei e Lilith l'avevano acquistata secoli prima, quando avevano deciso di fermarsi a stare in California. La cittadina di Balarm era un posto fuori dall'ordinario, a poco più di un'ora da San Francisco. In poco tempo avevano acquisito quasi tutti i terreni adiacenti, per avere più privacy possibile.

Balarm non era di certo una grande città ma era molto folkloristica, in essa storia e leggende si mescolavano annullando ogni logica, poiché gli abitanti di generazione in generazione si erano tramandati storie di rituali magici, creature indistruttibili e patti con il demonio. Si diceva che la città fosse stata fondata sul cratere di un vulcano spento da millenni e che le viscere gelide di questo, senza la linfa vitale ad alimentarlo, richiamavano le forze malevole da ogni dove.

Reina sapeva però che la colpa non era del cratere ormai freddo se accadevano cose inusuali e spesso inspiegabili. Lilith le aveva sempre detto che anche se negli anni aveva imparato a gestire la sua grande forza, Reina era una calamita per le forze infernali, come se silenziosamente attraesse l'oscurità.

Senza pensarci troppo Reina si inoltrò tra la fitta vegetazione fino alla piccola radura dove sapeva di trovare il branco che proteggeva la lupa e i suoi cuccioli nati da poco. Le venne in mente che anche lei e Lilith erano una famiglia, anzi la sola che le fosse rimasta; dei suoi genitori e delle sue amate sorelle aveva solo ricordi sbiaditi. Da lontano il lupo alfa iniziò a ringhiare avvisando gli altri del branco, Reina sentiva lo scalpitio leggero delle loro zampe sul fogliame, se fosse stata una semplice ragazza umana si sarebbe resa conto del pericolo troppo tardi. Qualche istante dopo il suo odore arrivò alle narici dei predatori e questi subito le andarono incontro felici di vederla.

«Ehi piccoli come state?»

Li accarezzò uno ad uno, e quando si trovò di fronte l'alfa questo si avvicinò lentamente a lei per poi leccarle il palmo. Le stava dando il benvenuto tra loro, come sempre sin da quando era solo un cucciolo di lupo, come i suoi antenati prima di lui. Da secoli le generazioni di quel branco seguivano Reina e Lilith nella loro immortalità.

«Neanche tu riesci a dormire in una notte così bella?»

Avrebbe dovuto immaginare di trovare lì anche Lilith. La luna piena alta nel cielo era meravigliosa e benediva i cuccioli di lupo appena nati, ma sembrava anche portare con sé l'alone rosso della morte.

«Già. Mi avrai attaccato la tua singolare licantropia» Reina si avvicinò all'altra donna che seduta a terra vicino alla lupa teneva sulle gambe due dei suoi cuccioli.

«È così bello coccolarli»

Nessun lupo selvaggio, nessun branco avrebbe permesso a qualcuno di avvicinarsi tanto ai loro cuccioli, ma Lilith era diversa, lei era la capostipite di una razza straordinaria, potente quanto rara.

«Già, quando crescono invece vogliono solo correre, cacciare e diventare sempre più forti»

«Come te»

«Ehi! Non è vero anche io ho i miei momenti in cui ho bisogno di tenerezze»

«Si come no, l'ultima volta che ti ho consolato eri caduta da un albero di pesche intenta a raccogliere tutte quelle in alto»

«Non ridere di me lupa, erano le pesche più grandi, per fortuna le tue fauci mi hanno presa al volo. E comunque quella non è stata l'ultima volta»

Calò un silenzio improvviso che sembrò riempire tutta l'aria intorno a loro. Sapevano quando era stata l'ultima vera volta in cui entrambe avevano avuto bisogno del conforto l'una dell'altra. Quei momenti in cui le lacrime di Reina si erano fatte cocenti e dolorose, e mischiandosi a quelle di Lilith avevano straziato troppe delle loro notti. Il giorno in cui la madre di Reina, Ella, l'unica figlia rimasta a Lilith, insieme al marito e alle altre due figlie, erano morti in uno spaventoso rogo appiccato dai demoni. Reina si era salvata solo perché insieme alla sua lupa erano andate a trovare delle loro amiche, trovando purtroppo anche la loro casa distrutta dalle fiamme. Non avevano neanche potuto dare una degna sepoltura ai loro cari, poiché il fuoco si era portato via anche la briciola più insignificante del loro essere. Come se non fossero mai esistiti se non nei loro cuori.

Lilith si schiarì la voce «Mancano poche ore all'alba, ti va di farci compagnia e aspettare che il sole sorga?» Reina si sdraiò accanto a lei annuendo, e subito una delle lupe la raggiunse.

«Godiamoci questa calma»

Accarezzò piano il muso dell'animale e chiuse gli occhi abbandonandosi alla calma della natura intorno a lei. Lilith invece rimase vigile e preoccupata, riconosceva gli stati d'animo della ragazza, che diventava sempre più forte. Le notti insonni di Reina indicavano chiaramente che gli incubi non la lasciavano in pace, e in cuor suo Lilith sapeva che il momento della battaglia si stava avvicinando.

Guardando Reina che si era appisolata accanto a lei, lo scintillio nei suoi occhi quando si preparava allo scontro, la sua forza e il suo immenso potere, Lilith non poteva certo negare la sua discendenza ultraterrena. Era nata dalla sua unica figlia immortale, e anche se in molte cose somigliava più a lei che non ai suoi genitori, nei lineamenti più delicati di Reina o nel suono della sua risata quando correva con il branco, la lupa rivedeva la sua dolce Ella. Fu assalita così dai ricordi e dal senso di colpa che perennemente la perseguitava.

2

Lilith, ricordi.

Vivere tra i mortali senza interferire nelle loro vite, senza mettere mai radici in un luogo, per Lilith non era stata una gran perdita. Da sempre era una vagabonda del mondo, una creatura bellissima e astuta, con la corporatura esile che ne nascondeva la potenza e gli occhi rossi come rubini preziosi che ne rispecchiavano l'animo vivace e lussurioso. Era stata creata per affiancare il primo mortale, un privilegio che le era valso forza e purezza. Lilith orgogliosa e fiera, però, pretese la libertà di scegliere il proprio destino e il proprio compagno; sapeva che ancora molte scoperte e nuove esperienze la attendevano, e non voleva privarsi di nulla.

La punizione per il suo rifiuto fu l'esilio perenne sulla terra, in mezzo a quei mortali che con tanta superbia aveva disprezzato, costretta a vivere come una di loro, pur non essendo una di loro. Da quando aveva messo piede sulla terra i suoi doni si erano amplificati. In particolare aveva scoperto che il suo legame con gli animali era diventato molto più intimo, poiché adesso era in grado di trasformarsi in uno di loro, una lupa dal meraviglioso manto nero con riflessi mogano. Correva più veloce del branco di lupi che sin da subito l'avevano riconosciuta come loro alfa, ed era più forte delle creature che popolavano la terra, gran parte dei quali erano suoi nemici. Fuggiva dai maschi immortali, che a conoscenza dei suoi poteri volevano usarla per generare creature pronte a schierarsi con l'esercito del male, che già contava moltissimi soldati al proprio comando.

Ricordava l'emozione avvertita nel momento in cui una sua debolezza l'aveva spinta verso colui che era purezza e forza; la prima volta che vide Mikael. Era meraviglioso mentre splendeva tra i raggi di luna, Lilith era sicura di non aver mai visto una creatura che potesse pareggiare la sua bellezza o la sua forza. I capelli biondi scompigliati gli davano un'aria senza tempo e i suoi occhi azzurro cielo, sembravano quasi di ghiaccio. Emanava una potenza che Lilith sentiva fin nelle ossa, lui era il capo dell'esercito celeste che aveva scacciato Lucifero, lui era il Protettore.

Lilith non aveva mai desiderato un uomo veramente, nei secoli passati sulla terra ogni qual volta la sua sessualità si era risvegliata, aveva scelto un mortale a caso tra quelli avvenenti per poi abbandonarlo subito dopo. Aveva anche partorito delle figlie nell'arco della sua esistenza, erano delle mortali anche se più longeve del normale, alcune possedevano l'istinto del lupo, ma mai nessuna aveva ereditato veri poteri da lei. Quando le bambine riuscivano a sopravvivere da sole le lasciava in villaggi pacifici, dove persone molto migliori di lei si occupavano di crescerle. Seguiva le sue figlie da lontano per tutta la durata della loro lunga e normale vita umana. Non era portata per fare la madre, e non voleva che i nemici potessero sfruttare la sua progenie per indebolirla e ricattarla.

Aveva seguito Mikael per diversi giorni nelle sue vesti di lupa, le donne che gli si avvicinavano lo guardavano con amore e desiderio, ma lui con gentilezza le allontanava, nonostante alcune di esse fossero ancora vergini e ne era certa dal loro odore. Lilith si sentì infiammare ancora di più, nessun maschio avrebbe rinunciato ad un dono simile da parte di una donna, come era altrettanto sicura che nessun maschio avrebbe mai trattato lei con quella riverenza. Davanti a tanta virilità e purezza però, sentì per la prima volta il desiderio di appartenere a qualcuno, la voglia di donare tutta se stessa.

Era quasi tramontato il sole quando Lilith decise di tornare alla sua forma di donna, sperando di avvicinare l'angelo. Rimase in disparte, nascosta dietro il tronco di una quercia secolare, ad un centinaio di metri di distanza. Quel maschio la disorientava e la incantava. Stava aiutando una coppia di anziani contadini a sistemare il tetto della loro baracca, che un uragano aveva sventrato. Di colpo i suoi istinti di lupa si ridestarono avvertendo un alone di malvagità non troppo lontano dal punto in cui si trovava. Decise di ignorare quel piccolo campanello d'allarme che le risuonava dentro, era troppo vicina a Mikael per tirarsi indietro.

Poco dopo udì dei grugniti profondi e rochi, si voltò sbuffando per l'irritazione e dai rovi alle sue spalle uscì un demone dagli occhi infuocati e con le corna arrotolate sulle tempie. A quel punto Lilith non poteva più far finta di niente, doveva agire velocemente per liberarsi dell'essere e riconcentrarsi sull'angelo.

«Cosa abbiamo qui?»

La voce della creatura era stridente, un perfetto connubio con il suo aspetto abominevole, lei si ritrasse un po' assumendo la posizione di difesa.

«Non sono roba per te mostro quindi sparisci»

L'essere si passò la lingua sulle zanne avanzando verso di lei, il petto in fuori e la camminata spavalda, lunghi aculei sporgevano dai suoi polsi fino ai gomiti.

«Ti ho vista trasformarti. Sei una mutaforma o una licantropa? Non mi pare di aver visto un branco di lupi nei paraggi»

Lilith strinse i pugni «Non sono affari tuoi e se fossi in te me la darei a gambe»

Il ghigno del demone si fece più maligno. Lilith sfiorò il gioiello che portava al polso. Era un bracciale composto da sottili e delicate strisce d'oro, unite solo in un punto da due piume intrecciate. Quel genere di gioiello era il regalo a tutti i figli celesti, non se n'era mai separata, cosicché potesse ricordare in eterno le sue origini. Nella sua mano comparve l'elsa di una spada nera, la lama era a doppio taglio non troppo lunga, facile da usare anche negli scontri ravvicinati. Una fitta di nostalgia le attraversò lo sguardo, ricordando come una volta la lama era del colore dell'argento più puro. Un altro cambiamento dovuto al suo esilio.

«Sei ancora in tempo per filartela verme»

«Come osi? Ti strapperò la lingua e ti costringerò a guardarmi mentre la mangio»

Nel momento stesso in cui il demone scattò verso di lei, gli occhi di Lilith scintillarono di sete assassina. Aveva già calcolato che inclinando la spada di piatto verso destra, con un unico colpo avrebbe trapassato il torace del mostro. Non ne ebbe il tempo però, perché una fiamma pura e ardente lo divise in due. Era sbalordita, non lo aveva sentito avvicinarsi, non ne aveva percepito il potere, eppure ora fissava quegli occhi di ghiaccio che la penetravano. Il suo corpo era immobile nella posa del perfetto guerriero, bello da farle fermare il cuore.

«Deponi la spada donna»

Era una voce meravigliosa e ricca di emozioni, di quelle voci calde che parlano all'anima. Lilith serrò i denti, lui ancora impugnava la spada tipica dei guerrieri angelici; magari l'aveva riconosciuta e pensava di uccidere anche lei.

«Dovrei gettare la mia arma e permetterti di uccidermi?»

L'angelo la fissò per pochi istanti, ma così intensamente che Lilith temeva di andare in fibrillazione troppo presto, finché la lama infuocata non si dissolse.

«Sono un angelo. Non ho intenzione di farti del male, so che ti stavi difendendo»

«So chi sei, Protettore»

Nella lunga e silenziosa pausa che seguì, quello sguardo

impenetrabile la scrutò con curiosità, lei sapeva che diceva il vero poiché agli angeli non era permesso mentire. La spada nera sparì seguendo la volontà di Lilith e il viso dell'angelo fu attraversato da un lampo di sospetto, soprattutto quando le vide il bracciale al polso.

Mikael si avvicinò di pochi passi alla donna che era piccola e di rara bellezza, i suoi occhi erano due rubini scintillanti, il viso dai lineamenti incantevoli era incorniciato da lunghi capelli corvini che scendevano sinuosi ad accarezzare le dolci curve del suo corpo. L'angelo riusciva a percepire il turbamento e le emozioni della donna; credeva di trovare timore e invece avvertiva un forte desiderio. Possibile che desiderasse lui? Mikael si era concesso a molte donne mortali e immortali nel corso della sua vita e mai ne aveva vista una più bella. Fece altri due passi e lei di rimando indietreggiò.

«Non ho intenzione di farti del male, ma dimmi perché mi segui se sai chi sono?»

«Sono una donna curiosa, e sul farmi del male beh, non te ne darei la possibilità» lei alzò il mento orgogliosa e temeraria, con un sorrisetto divertito su quelle labbra piene.

Quell'affermazione lo fece sorridere. *Questa donna è una guerriera. Bellissima, scontrosa e irriverente.*

Oh cielo, era già bello con il volto privo di emozioni, ma con quel sorriso, Lilith non poté trattenersi e allungò le dita verso il suo volto. L'angelo non si tirò indietro e le permise di accarezzarlo, lentamente e dolcemente. Lilith non avrebbe mai pensato di poter godere nel toccare un uomo, e chissà come sarebbe stato perdersi tra le sue braccia.

«Sei così bello»

La voce trasognata e il corpo in fiamme, gli appoggiò l'altra mano al petto duro e scolpito, mentre lui immobile le permetteva di fare ciò che voleva. Per Mikael quella era la situazione più strana in cui si fosse mai trovato, aveva aiutato una donna che non era di certo indifesa, e adesso si ritrovava preda di un desiderio sconosciuto.

«Toccami»

Mikael riemerse dai suoi pensieri «Cosa?»

«Toccami angelo, ti prego»

Lei stava già occupando la sua mente, il battito del suo cuore era frenetico, non gli era mai successo di bramare così una donna. C'era un magnetismo così profondo in quella creatura che faceva indebolire le sue difese. Notando la sua incertezza, lei prese in mano la situazione, si alzò in punta di piedi cingendolo con le braccia dietro il collo e lo baciò. Fu un contatto dolce e inebriante, che lo spinse a stringerle i fianchi con le sue grandi mani, sollevandola appena e così il bacio divenne intenso e passionale.

Lilith non aveva mai sentito il fuoco scorrerle nelle vene, era come rinascere. Non era capace di trattenersi preda solo di quelle emozioni, e anche l'angelo finalmente sembrava aver perso il controllo, toccandola con desiderio e baciandola senza darle il tempo di respirare.

La donna si scostò per pochi istanti guardandolo con la voracità animale che la distingueva, ma subito Mikael la schiacciò contro il tronco di un grande albero lontano dal corpo del demone, riprendendo il contatto delle loro lingue. Le dita di Lilith si intrecciarono ai capelli dell'angelo, e preda di un bisogno famelico gli cinse la vita con le gambe osservando gli occhi di Mikael scintillare d'argento vivo.

«Dimmi il tuo nome fanciulla» le sussurrò a fior di labbra.

«Non ora, sono in paradiso»

L'angelo sorrise divertito da quell'affermazione, era così bella e così dolce, passione allo stato puro. Le accarezzò i seni pieni pensando con orgoglio che erano fatti apposta per le sue mani, aveva il sapore dell'ambrosia mescolata alle ciliegie, una miscela letale e proibita per i suoi sensi già colmi di estasi. Scese con la bocca verso quei seni sodi e bollenti, prendendo uno dei capezzoli turgidi tra le labbra tirandolo delicatamente. Annusava nell'aria la fragranza dell'eccitazione di lei che si mescolava alla sua.

Lilith era infuocata e quando sentì le dita di lui accarezzarla, con mani tremanti strappò la parte superiore della maglia dell'angelo, la stoffa gli scivolò dalle spalle fino a cadere a terra in un mucchietto informe. Iniziò a baciargli e succhiargli la pelle del collo e del petto, facendolo vibrare. Intorno ad uno degli scolpiti bicipiti, la lupa notò il bracciale celeste molto diverso dal suo. Era un gioiello pesante, una larga fascia dorata che lo cingeva, al cui centro vi era inciso il disegno delle piume. Quello era il gioiello che spettava a tutti i guerrieri celesti.

Per una frazione di secondo Lilith desiderò poter tornare indietro a quando era ancora nei cieli, e pensò che se fosse stato Mikael l'uomo a cui legarsi, non avrebbe avuto problemi ad inchinarsi a lui. Lo avrebbe seguito e amato in eterno, rinunciando a tutto. Improvvisamente ebbe la consapevolezza che il suo lontano rifiuto era legato a quel momento. Tutte le sue scelte e le sue resistenze, la voglia di sopravvivere in quel mondo che non le apparteneva, avevano come epicentro quell'incontro. Si allontanò dall'angelo spingendolo indietro, accorgendosi che Mikael era sbalordito e senza fiato, probabilmente colpito dalla sua stessa consapevolezza pur non conoscendone i motivi.

«Il tuo sapore fanciulla è afrodisiaco»

La lupa sorrise raggiante e con un ghigno impertinente iniziò a sfilarsi l'abito dalla testa. Lo sguardo dell'angelo seguiva il tessuto nella risalita lungo quel corpo morbido, come fosse una carezza infinita. Sotto non portava altro, era completamente nuda davanti a lui in tutta la sua femminile avvenenza. Mikael avvertiva qualcosa di pericoloso in quella splendida donna, ma non riusciva a fermarsi, era schiavo di quella inaspettata passione. Le si avvicinò inginocchiandosi per poter adorare con le labbra il suo ventre, l'ombelico, i seni, mentre lei lo abbracciava teneramente. La tirò a sé e poi lentamente la adagiò sull'erba stendendosi sopra di lei. Mai momento era stato più giusto per amare qualcuno.

Tra le sue braccia Lilith pensava di morire. La bocca esperta dell'angelo vagava sul suo corpo con intraprendenza facendola sentire sempre più vulnerabile, ma non le importava, voleva solo godere di quegli attimi. Mikael assaporò ogni centimetro del suo corpo, e quando arrivò al suo centro insinuandovi la lingua lei si inarcò urlando, riempiendo il petto dell'angelo di un maschile orgoglio. Lui continuò con quella dolce tortura finché non la sentì esplodere in un potente orgasmo fatto di gemiti e sospiri.

Iniziò la sua risalita fissandola negli occhi, in cerca di un motivo per fermarsi e come se lei gli avesse letto nella mente lo attirò a sé conficcandogli le unghie nelle spalle.

«Ti voglio! Non ho mai desiderato nessuno come voglio te»

A quelle parole il sottile filo di buon senso di Mikael si spezzò e si arrese al desiderio. Lei gli cinse i fianchi appoggiando i talloni sul suo sedere sodo e senza mai staccare gli occhi dai suoi, l'angelo la penetrò. Mikael iniziò a muoversi dentro di lei, prima lentamente come un'onda calma per poi diventare una vera tempesta. Era perfetta per lui, nessuna donna lo aveva mai completato in quel modo, velocemente raggiunse un altro orgasmo e divenne come selvaggia, si aggrappò alle sue spalle graffiandolo ancora.

«Voglio di più»

L'angelo non aveva mai assaporato quella profondità, era stato sempre gentile e amorevole con le donne che aveva avuto, si era sempre trattenuto. Quella che stava vivendo era una sensazione viscerale. Seguendo l'istinto uscì da lei per farla girare a pancia in giù sostenendola affinché rimanesse con le sole ginocchia a terra.

«Ti darò tutto quello che vuoi»

La penetrò a fondo come se potesse arrivare alla sua anima, e arrivò per lei un altro orgasmo mentre lui cercava di resistere e di prolungare la magia di quel momento troppo perfetto; ma quando la donna si girò spingendolo rudemente con la schiena a terra, capì di essere perduto. Lilith gli saltò su, agile e fiera, rimettendo il suo membro dentro di lei troppo in fretta e riempiendosi totalmente. Una sensazione squisita la pervase, mentre si muoveva piano su di lui.

Lo sguardo di Mikael non era più glaciale, gli splendevano gli occhi, aveva le guance arrossate e il petto pieno di graffi. Lilith si donò a lui completamente, libera di essere se stessa senza la paura di essere usata o etichettata, e soprattutto senza dover nascondere la sua indole e la sua forza, infondo era un guerriero celeste non un semplice umano. Raggiunse il picco un'altra volta, affondando i denti nella sua spalla, pensando che solo lui le avrebbe regalato quel piacere. L'angelo non riuscì più a trattenersi era tutto troppo intenso, e dopo averla sentita sciogliersi l'ennesima volta per lui, venne come un torrente in piena dentro quella piccola dolcissima donna, stringendosela al petto. Tremavano entrambi mentre la notte calava su di loro, rimasero in silenzio finché la loro respirazione non divenne regolare, continuando a restare uniti.

«È stato meraviglioso»

Quelle parole pronunciate da un uomo così magnifico la

scioccarono. Lilith lo guardò con dolcezza sapendo che la sua natura di angelo non gli permetteva di mentire, ma non era abituata a certe frasi. Di solito gli uomini le rivolgevano volgari commenti chiamandola cagna o puttana, era quello il più delle volte il motivo per cui li uccideva o li evirava, mentre lui...

«Anche per me»

Fu l'unica cosa che seppe dirgli, con il calore sulle guance che segnava imbarazzo per la prima volta in tutta la sua esistenza. Mikael si sdraiò sulla schiena, tirandola verso il suo petto, lei gli sfiorò la guancia con un bacio e facendosi stringere ancora di più, non si era mai sentita così al sicuro e vulnerabile allo stesso tempo. Il mondo sembrava essere sparito, c'erano solo loro due e un'infinità di stelle a spiarli.

«Vuoi dirmi il tuo nome adesso?»

Le spostò una ciocca di capelli dalla fronte in modo delicato, con gli occhi ancora pieni di desiderio. La lupa capì che il favoloso idillio che avevano vissuto era giunto al termine. Quelli che stava fissando erano gli occhi di un guerriero e lei non ebbe la forza di mentirgli, era pronta a sopportare qualsiasi conseguenza.

«Nel momento in cui saprai il mio nome, vorrai solo uccidermi»

Mikael si bloccò di colpo come se un tuono potente avesse appena squarciato il cielo «Perché dovrei uccidere una creatura tanto radiosa?»

Lei si sciolse dal suo abbraccio rivestendosi con un'apparente calma, poi riprese la sua espressione di fierezza spostando dietro le spalle la sua lunga chioma.

«Io sono Lilith»

Alzò il mento orgogliosa, avvertendo il preciso istante in cui la mente di Mikael assimilò la notizia come uno schiocco nel cervello. Anche lui si rivestì per quanto lo strappo sulla veste gli permettesse, poi tornò a fissarla con la glacialità di prima.

«Perdonami, non avrei dovuto farlo»

La voce della lupa divenne acida «Cosa? fare l'amore con me?»

«Ora capisco perché il demone ti cercava e anche lo spropositato desiderio che mi spingeva verso di te»

La delusione che vide nello sguardo di ghiaccio di Mikael fece montare la rabbia dentro la donna «Nessuno può possedermi senza che io lo voglia, e di certo non ho i poteri di seduzione di altre creature. Non nasconderti dietro le virtù di un angelo, sei stato con me perché era il tuo desiderio»

«Già, non avrei dovuto desiderarti, ma l'ho fatto e non posso dire di esserne dispiaciuto»

Ciò che Lilith percepì nella sua voce non era rimorso o rimpianto, ma tristezza e frustrazione. Era conscia del fatto che lei avesse un'esistenza ben lontana da quella angelica, e il ruolo del Protettore era fin troppo importante perché i loro cammini si incrociassero a lungo, capì allora che doveva lasciarlo andare nonostante l'inquietudine che la stava opprimendo.

«Ti lascerò vivere angelo»

Mikael alzò un angolo della bocca nascondendo un sorriso divertito, sapeva che gran parte degli uomini che andavano a letto con quella donna non riuscivano a vedere una nuova alba. Da quando era stata esiliata sulla terra per essersi rifiutata di obbedire al Padre, aveva sentito molte storie su di lei. L'avevano descritta come un mostro capace di trasformarsi in animale e divorare gli uomini dopo essersi accoppiata, altri ancora l'avevano definita un demonio impazzito, sensuale e oscuro che attirava le sue prede e poi le massacrava. A queste storie Mikael non aveva mai creduto fino in fondo, se la creatura che descrivevano era così malvagia perché non si era alleata con Lucifero? E perché nessuno aveva mai invocato gli angeli per salvarli dal mostro che lei era?

Adesso riusciva a capirlo, perché ciò che stava osservando in quel momento, non era la mostruosa Lilith che tutti raccontavano da millenni. Lì davanti a lui in quel momento c'era solo una donna bellissima, che aveva goduto e tremato con lui e per lui, regalandogli tutto. Non c'era solo malvagità nel suo animo. Anche ora che lo sguardo di rubino si era indurito, l'angelo poteva percepire la sua fragilità e il suo desiderio. Forse non era mai stata trattata con gentilezza prima, nessuno l'aveva mai amata davvero, era da sempre stata sola contro tutti e aveva imparato a difendersi e a temprare il suo cuore per evitare di ferirsi. Quando Lilith gli diede le spalle pronta ad andarsene, le si parò davanti con la velocità sovrumana che lo distingueva, qualcosa che nemmeno il suo istinto angelico riconosceva lo aveva spinto a fermarla.

«Scappi via da me?»

Lei corrugò la fronte confusa «Hai detto tu che è stato un errore, sto facilitando le cose ad entrambi»

Mikael sapeva che era giusto lasciarla andare, allora perché ogni fibra del suo corpo gli imponeva di tenerla con sé? *Cos'ha questa donna per spingermi alla possessività? Non ho mai desiderato nulla per me. Devo liberarmene!*

Si avvicinò posandole un delicato bacio sulla fronte «Grazie Lilith, di avermi donato la parte più bella di te»

Lei gli sorrise sinceramente illuminandosi, poi balzò in alto e prese la forma di lupa correndo a più non posso tra i boschi perdendosi nella notte.

3

Nei mesi successivi Lilith iniziò a star male, si era appesantita e disperdeva troppe energie; sapeva cosa le stava succedendo, una vita cresceva dentro di lei, il suo unico pensiero fu Mikael. Le pochissime volte che aveva partorito, lo aveva fatto per lasciare una donna in più al mondo, perché dalla sua linea di sangue non potevano nascere figli maschi. Nonostante si fosse ripromessa di non generare mai un'immortale, Lilith non avrebbe interrotto la gravidanza, questa bambina lei la desiderava perché era figlia di un atto d'amore.

Decise di proseguire la gravidanza sotto forma di lupa, per evitare di finire in balia di demoni o altri mostri, protetta dal branco e spostandosi tra i boschi delle lande più desolate del territorio, giunse al settimo mese di gestazione. Riprese le sembianze di donna quando fu arrivato il momento di partorire. Sola, in preda al dolore delle doglie, circondata solo dai suoi lupi che silenziosi la proteggevano, diede alla luce una bambina meravigliosa, che sembrava illuminare l'antro freddo e buio in cui aveva trovato riparo. *Sei magnifica e troppo potente piccola mia, se solo tuo padre sapesse...*

La bimba emanava un'energia potente e pura, e i suoi occhi erano identici a quelli di Mikael. Lilith si rese subito conto che non avrebbe potuto tenerla nascosta a lungo, così richiamò a sé altri lupi per poter essere sempre protetta e non rischiare che qualcuno si intrufolasse nel suo rifugio, ma non rimaneva mai più di qualche giorno nello stesso posto.

La nascita di Ella fu percepita da tutti gli immortali, tanto che Murthan, un antico stregone che aveva messo i suoi doni al servizio del male, avvertendone l'ampia potenza prese un pugnale e si tagliò il palmo della mano; riversando il sangue all'interno di un cerchio con delle scritte, le fiamme delle torce ai suoi lati oscillarono e un boato esplose tutto intorno.

«Mio Signore, ti porto buone notizie»

«Che genere di notizie puoi darmi servo?»

«Un grande potere sta crescendo, ed è così puro e innocente che potrebbe aiutarti a spezzare le catene della gabbia»

Un'ombra prese forma senza rivelare i tratti del viso, lo stregone cadde in ginocchio percorso da atroci dolori, iniziò a sanguinare dal naso e dalle orecchie.

«Come osi definire il mio Regno una gabbia?»

«Perdonami Mio Signore» sputò il suo stesso sangue e il dolore cessò «Volevo dire che saresti libero di attraversare i mondi a tuo piacere e per tutto il tempo che vorrai»

L'ombra si avvicinò all'uomo «E dove si trova questo potere?»

«Si sposta di continuo, ma sono sicuro di poterlo localizzare, mi serve solo il sangue di un oracolo»

Il dolore riprese a tormentarlo «Mi hai disturbato e non sai nemmeno come accontentarmi?»

«Mio Signore, ti prego»

La risata dell'ombra si fece più forte, si stava divertendo mentre torturava lo stregone e quando questi fu esanime, la sofferenza smise.

«Ti do tempo fino alla prossima alba stregone, se non avrai portato a termine il tuo compito, ti porterò con me e ti lascerò il corpo, così che le tue carni possano bruciare e marcire» Murthan riuscì solo ad assentire con il capo «Ti porterò l'oracolo» e detto questo l'ombra sparì.

Quello stesso giorno alle pendici dell'Etna, due Sibille vivevano nella tranquillità del territorio con le Ninfe, tra i boschi di castagno, ricchi di faggi, pini e ginepri. Entrambe le specie erano creature delicate, il loro potere derivava dalla natura circostante, dalla vitalità dell'acqua, dalla vegetazione, dall'aria frizzante, dalla luce del sole e dal calore del magma che scorreva sotto la sua terra. Un luogo di vitalità ed incanto, sconfinati paesaggi boschivi con vista a picco sul mare, le cui numerose notti sono illuminate dalla spettacolare danza delle fontane laviche. Scenari che d'inverno si coloravano di candido bianco, e d'estate dei colori più luminosi della natura.

In un attimo il vulcano iniziò a tremare sotto i loro piedi, il sole venne oscurato e non per via dell'unione con la luna sacra e tutto ciò che le circondava perse vita.

«Cosa succede?»

«L'Inferno sta arrivando»

Le donne si guardarono attorno urlando di terrore, cercando di scorgere il pericolo; un tuono esplose in un rombo assordante che portava con sé il flagello di mille tempeste. Le ninfe persero i sensi, i loro occhi divennero vitrei mentre un rivolo di sangue usciva dalle loro delicate orecchie. Le due Sibille gemelle rimasero in piedi l'una accanto all'altra tenendosi per mano, e gridarono mentre la polvere vulcanica sollevata dalla furia del vento le inghiottiva, facendo loro perdere i sensi.

Lentamente ripresero conoscenza, trovandosi incatenate all'interno di un cerchio. Intorno a loro c'erano parole scritte con il sangue in una lingua arcana; un uomo orribile le fissava, percepivano il tanfo del male che impregnava la sua anima ed era radicato così in profondità da non poter essere estirpato. Le Sibille sapevano cosa voleva quell'essere immondo, il loro potere e di conseguenza la loro morte.

«Noi riceviamo solo parte delle informazioni nelle nostre visioni»

«Non possiamo stabilire con esattezza ciò che ci viene mostrato»

«Finché siete vive mie care questo è un limite, ma il potere del vostro sangue unito a quello del Mio Signore, rivelerà ciò che vogliamo con esattezza» La faccia dell'uomo prese un'espressione ancora più maligna.

«Sai che le Sibille non devono essere uccise, spezzeresti l'equilibrio della Terra e di conseguenza moriresti anche tu»

«Per questo faccio un incantesimo di protezione per me. Voi morirete e il Mio Signore sarà felice»

Quando lui si avvicinò a loro tanto da annusarle, entrambe chiusero gli occhi tremando. Ebbero una visione, avrebbero dovuto trovare la fonte dell'energia che era arrivata sulla terra da poco tempo e che anche loro avevano percepito. La purezza di quel potere paradossalmente avrebbe reso libero il male, ed ora con il loro sangue, Lucifero avrebbe saputo dove trovarlo e sarebbe riuscito a vagare per i mondi senza catene. Le lacrime iniziarono a rigare i loro pallidi volti, e prima che il servo del male finisse la sua stregoneria le Sibille vagarono con la mente. Sotto le loro delicate palpebre, le pupille presero a muoversi ad un ritmo frenetico, sarebbero morte ma almeno avrebbero reso vano il piano di Lucifero.

Lilith dormiva nella caverna con Ella tra le braccia, quando in sogno le apparvero due bellissime donne con gli occhi completamente velati di bianco, si tenevano per mano ed emanavano paura e rassegnazione.

«Siamo qui per avvisarti»

«Abbiamo poco tempo»

«Lui cerca il potere»

«Dovete scappare»

Lilith guardava prima una poi l'altra gemella, dicevano una frase ciascuna come se non avessero la forza di parlare.

«Tra poco lui saprà di voi»

«Indicheremo questo posto ma dovrete essere già lontane»

«Chi siete? Perché mi dite questo?» Lilith comprese che quello non era un semplice sogno.

«Siamo Oracoli»

«Verseranno il nostro sangue per arrivare a voi»

«Vincola il potere così che non possano trovarlo»

«Oppure distruggilo»

L'immagine della sua piccola Ella senza vita la sconvolse «Non potrei mai farlo»

Le donne stavano per scomparire «Devi fare presto o le porte dell'Inferno si apriranno»

Lilith si svegliò di colpo con le urla strazianti di quelle donne nelle orecchie. Realizzò tutto in pochi secondi, donne, oracoli, occhi come la nebbia, erano Sibille. Qualcuno aveva ucciso le Sibille per trovare Ella, la piccola era la chiave per aprire i cancelli dell'Inferno! La lupa non aveva mai avuto così tanta paura, né aveva mai pregato prima. *Oh Dio del cielo aiutaci, so di non essere nelle tue grazie ma lei è innocente.*

Avvolse la piccola in un lungo panno nero e se la legò alla schiena, prese forma di lupo e iniziò a correre, sparpagliando il branco in modo da confondere il loro odore e non essere rintracciate. Correva a perdi fiato senza fermarsi, cosa avevano detto le Sibille?

«Vincola il potere o distruggilo»

Beh la prima opzione era l'unica scelta possibile. Doveva trovare un essere abbastanza potente e anche pazzo che volesse aiutarla a contrastare i piani di Lucifero. All'improvviso si ricordò di Syra, era una strega potente che non si era mai piegata al male. L'ambizione del marito lo aveva corrotto fino all'anima, era stato posseduto dai demoni e aveva ucciso i loro figli. Lilith secoli prima aveva aiutato la strega a compiere la sua vendetta; era arrivato il momento che le rendesse il favore.

Murthan raccolse il sangue dalle gole recise delle Sibille e lo porse al suo Signore, così avrebbe saputo ciò che gli oracoli avevano visto. Lo stato di trance in cui piombò il demonio durò ore intere, ma a lui sembrarono addirittura giorni o settimane. Non era abituato a controllare un potere così limpido, alla fine però ebbe le sue risposte.

«Lilith»

Lucifero scoppiò in una fragorosa risata, bevve altro sangue degli oracoli ormai senza vita, ed ebbe la visione del luogo in cui si trovava il potere, una grotta scura e nascosta tra la foresta selvaggia.

«Presto sarò libero di conquistare tutto, di vendicarmi finalmente dei miei fratelli e di spezzare i sigilli infernali. Non avrò più confini»

Radunò una dozzina di demoni di specie diverse e con un corpo che non era il suo, si diresse verso quello che era stato per poco tempo il nascondiglio di Lilith, trovandolo però vuoto. Le tracce erano miste all'odore degli animali e portavano in direzioni diverse.

«Dividetevi e portatemi il mio bottino. Se osate toccare la donna o il suo prezioso carico, morirete atrocemente, poi vi riporterò in vita per uccidervi di nuovo e sarà così finché non mi stancherò» I demoni annuirono, sapendo che quando il loro Signore minacciava non era mai invano. Come schegge si lanciarono all'inseguimento delle prede.

Lilith continuò a muoversi per quattro giorni e tre notti, fermandosi solo per bere e nutrire Ella. Doveva raggiungere il territorio delle Driadi dove Syra aveva scelto di esiliarsi, quelle creature legate alla terra, alla famiglia e alle tradizioni, vivevano pacificamente con gli Elfi guerrieri, quei luoghi erano sacri e i demoni non vi avevano accesso.

Arrivata al varco d'ingresso, Lilith si trovò di fronte due colossi armati a fare da sentinelle, balzò a pochi metri dai due Elfi riprendendo la forma umana.

«Chi sei donna? Non ti è permesso oltrepassare il varco»

Lei si fece più vicina e la strada le fu sbarrata dalle lance, a quel punto scoprì la bambina.

«Sono Lilith e questa è mia figlia Ella. Abbiamo bisogno di aiuto e protezione, i demoni ci inseguono»

Uno dei colossi passò dall'altro lato del varco per uscirne pochi istanti dopo «Possiamo offrirti ospitalità essendo la nostra una terra consacrata, ma dovrai rispettare le nostre leggi e la nostra gente, altrimenti non dovrai preoccuparti solo dei demoni»

La donna annuì e le creature la lasciarono passare. Finalmente riuscì un po' a rilassarsi, demoni ed Elfi erano nemici per natura, e quei guerrieri proteggevano la terra che aveva offerto loro pace e serenità. Non sarebbero arrivati a prenderle, per il momento.

Ella, era una neonata forte e vivace, il suo sguardo acuto memorizzava ciò che le stava intorno, per lei era tutto nuovo essendo abituata a vedere solo i lupi che l'avevano accettata come cucciola nel branco. Tutti coloro che le incrociavano sembravano contagiati dalla sua gioia, probabilmente riconoscevano il suo lato angelico.

«È bellissima, posso prenderla in braccio?»

Una ragazzina con dei deliziosi capelli rossi si era avvicinata a loro, Lilith si ritrasse bruscamente, non aveva permesso mai a nessuno di toccare la sua bambina.

«No, però so che qui vive la strega Syra potresti portarmi da lei?»

La giovane mise il broncio e in quel leggero movimento delle labbra Lilith vide che la sua natura era mista.

«Certo, ma mi dispiace la strega non vuole essere disturbata, non accetta visite dagli stranieri»

«Corri a dirle che Lilith ha urgente bisogno del suo aiuto. Per favore»

Quelle ultime parole le pronunciò stringendo i denti, non si era mai sentita tanto impotente. Durante la sua esistenza non aveva implorato l'aiuto di nessuno, ma per quell'angelo che stringeva tra le braccia avrebbe fatto di tutto.

Poco dopo la giovane tornò da lei contenta «Syra ha accettato di incontrarti»

«Andiamo allora»

Si incamminarono lungo un sentiero fiorito, da quando la lupa aveva oltrepassato il varco d'ingresso, tutto ciò su cui aveva posato lo sguardo era colmo di colore e luce, la natura rispecchiava gli esseri che popolavano quella terra. Molto più avanti immersa tra campi e querce secolari si intravedeva una piccola casa, arrivate alla porta la ragazzina bussò dolcemente.

«Entra pure Calime e fai accomodare la nostra ospite»

La voce della strega era come Lilith la ricordava, femminile e ultraterrena. Oltre la soglia si estendeva una stanza modesta ma molto illuminata, Syra era girata di spalle intenta a scaldare qualcosa sul fuoco.

«Lasciaci Calime, ti chiamerò dopo» La ragazzina sorrise ed uscì «Quindi dopo due secoli sei venuta a riscuotere il mio debito lupa?»

Lilith si fece avanti «Sono felice di rivederti Syra»

La strega si voltò verso di lei, sembrava invecchiata di vent'anni pur essendo immortale. Per gli esseri concepiti da due immortali infatti, il corpo smette di invecchiare quando arriva all'apice della potenza fisica, che siano venti, trenta o quarant'anni; e l'ultima volta che Lilith aveva visto quella donna nessuno si sarebbe sognato di darle più di trent'anni. Il dolore per la perdita della sua famiglia aveva straziato Syra lasciandole addosso i segni, i suoi capelli un tempo rossi come le fiamme ora sembravano spenti e i suoi occhi grigi erano vuoti.

«Sai Lilith, quando mi sono trasferita qui ho avuto una breve visione di questo momento, ma non ne ho mai capito il significato»

Ella iniziò a divincolarsi fra le braccia della madre e a mugolare piano, attirando l'attenzione di Syra che la fissò per pochi attimi sbarrando gli occhi.

«La tua bambina è bellissima» Poi il suo sguardo si affinò «I suoi occhi sono... Mikael?»

Lilith arrossì, sentendo le lacrime che le riempivano gli occhi. Le raccontò tutto ciò che era successo e le parole delle Sibille, lasciando che il pianto portasse via la frustrazione, l'angoscia e il senso di impotenza.

Syra l'abbracciò «Vi aiuterò non permetterò che vi facciano del male, ma dovrai essere forte e pronta a dei sacrifici»

Determinazione e speranza si fecero largo nel cuore di Lilith, non sarebbe stata più da sola.

«Mi ero ripromessa di non usare più i miei poteri, ma visto il tesoro prezioso che porti con te, dovrò ricredermi. Era questo dunque il significato della mia visione, la possibilità di aiutare voi due mi ha condotta verso questa terra pacifica»

Il primo incantesimo della strega serviva a fare perdere le loro tracce così da tenere i demoni lontani dalla terra delle Driadi. Con il sangue delle Sibille ancora in circolo Lucifero avrebbe visto brevi stralci del viaggio di Lilith, ma mai la sua destinazione finale. Syra sperava solo di poter guadagnare sufficiente tempo per poter vincolare i poteri della bambina.

«Lucifero ha dalla sua parte la magia nera degli antichi druidi, Murthan è l'unico stregone in vita che la pratica e l'unico capace di unire il potere delle Sibille a quello del demonio, pur restando in vita»

«Come fai a saperlo?»

«Perché è il fratello del mio fortunatamente defunto marito. E come ben ricorderai mia cara Lilith, tutta la sua fazione è stata sterminata da noi due secoli fa. Purtroppo lui è sopravvissuto»

Passarono diverse ore da quando la strega ad occhi chiusi, aveva iniziato a recitare formule in lingua antica, infine sembrò tornare in sé.

«Mi servirà il sangue di un angelo»

Lilith la fissò sconvolta, per nulla al mondo avrebbe potuto chiamare Mikael dopo tutti quei mesi e chiedergli aiuto per salvare una figlia di cui lui non conosceva l'esistenza, e che probabilmente neanche desiderava. Syra comprese la sua angoscia, ma negli occhi della strega splendeva la consapevolezza di aver trovato il senso di qualcosa che solo lei sapeva.

«L'ultima volta che ho visto Mikael, lui e i suoi fratelli si erano scontrati con un gruppo di demoni e aveva uno squarcio profondo alla spalla. Rafael era conciato peggio di lui e non poteva guarirlo. Da allora conservo la garza con cui ho ripulito la sua ferita, sapevo che mi sarebbe servita un giorno»

Lilith si insospettì «Esattamente Syra quanto di tutto questo, hai visto nelle tue visioni?»

«Purtroppo non abbastanza mia cara»

Mentre la piccola dormiva tra le braccia di Calime, la strega con una lama tagliò il palmo di Lilith e ne versò il sangue dentro una coppa insieme alla garza sporca di quello dell'angelo. Prese dei contenitori nascosti dietro una credenza e ne versò parte del contenuto nel liquido scarlatto. Syra era calma, attenta e precisa. Negli ultimi due giorni aveva riacquistato vigore e il suo corpo sembrava rifiorito, probabilmente tutto era legato al fatto che non aveva usato per troppo tempo i suoi doni. Tagliò una piccola ciocca di capelli a Calime, mentre Lilith la fissava perplessa.

«Suo padre era un elfo guerriero, ma lei è per metà sirena, sono creature potenti»

L'ultimo ingrediente fu il suo sangue di strega e quando finì di mescolare l'intruglio con una manciata di sale, questo prese fuoco. Appena la fiamma si spense cosparsero il corpicino di Ella con quella soluzione mistica.

«Sto incatenando al sangue i suoi poteri, così il dono che con lei è nato non potrà esserle tolto»

Lilith era agitata, non sapeva quali ripercussioni avrebbe avuto quell'incantesimo così potente sulla piccola.

«Il tuo sangue sarà la catena al tuo dono, nessuno potrà strappartelo via, ma attraverso il sangue il potere non avrà mai fine»

Gli occhi di Ella scintillarono, poi la neonata iniziò a piangere mentre la sua pelle si scaldava fino a scottare, sotto lo sguardo angosciato della madre.

«Che le succede Syra? Cosa le abbiamo fatto?»

La strega era concentrata «Calmati lupa. Il suo potere è grande, sto cercando di sopprimerlo più che posso e ti assicuro che non è semplice. Fortuna mia che lei è così piccola che non sa come contrastarmi»

Continuò a recitare frasi in una lingua che Lilith non comprendeva, mentre Ella si calmava e la sua temperatura ritornava normale.

Syra perse i sensi quando finì di fare il sortilegio, dal naso le usciva un rivolo di sangue e tra le sue ciocche rosse se ne scorgeva una d'argento. L'immensa gratitudine e il profondo rispetto che la lupa provava per quella donna non avrebbero mai potuto permetterle di sdebitarsi per tutto ciò che aveva fatto per aiutare lei e sua figlia.

Diversi giorni dopo si ritrovarono davanti al fuoco del camino di Syra, Ella sorrideva felice mentre giocava con Calime, il cuore di Lilith era più leggero ora che i demoni non avrebbero saputo come trovarla.

«È al sicuro?» C'era voluta una notte intera perché la strega si riprendesse.

Syra fissò la bambina «Posso capire le tue paure di madre Lilith. Il potere sarà parte di lei fino a quando esisterà, non sarà mai del tutto al sicuro»

«È così piccola e ha bisogno che io la protegga»

«Qui sarete protette, i demoni non possono entrare» *Non ancora.* Quell'oscuro pensiero attraversò la mente di entrambe.

«Lucifero diventa sempre più forte e la troverà, non posso permettere che succeda. Le Sibille mi hanno vista»

«Capisco. Pensi che non percependo il suo potere, cercherà te per arrivare alla bambina» Lilith annuì in silenzio, con il cuore che le batteva forte nel petto.

«Dovrai crescerla tu Syra»

«Sei impazzita, cosa dici?»

«Hai detto tu che avrei dovuto sacrificare qualcosa»

«Non intendevo separarti da lei, non ti chiederei mai di farlo»

Lilith serrò i pugni fino a sentire le unghie perforarle la carne «Qui sarà felice, lontana da me e dal mio mondo, infondo è quello che ho fatto con tutte le mie figlie. Non sono mai stata una vera madre e le ho abbandonate. La crescerai come figlia tua e le insegnerai a gestire parte del suo potere così che tutti credano che sia una semplice strega»

«Oh, Lilith»

Le due donne si strinsero l'una all'altra piangendo. La lupa si tolse il bracciale d'oro e lo porse alla strega «Questo è tutto ciò che lei avrà di me»

Syra prese il gioiello, lo guardò attentamente e poi chiuse gli occhi. Una magnifica luce si sprigionò dalle sue mani e quando il bagliore sparì, il bracciale era diviso in due, ciascuna delle parti conservava una delle piccole piume.

«Sarà anche ciò che vi legherà»

La strega consegnò uno dei bracciali all'amica e in quel momento Lilith ebbe la certezza che i poteri di Syra non erano come li ricordava. Era sempre stata una delle più potenti streghe al mondo, ma sopprimere una forza celeste non era una cosa semplice. In lei c'era qualcosa di diverso, come un alone candido e sbiadito al tempo stesso che l'avvolgeva, gli istinti della lupa però la spingevano a fidarsi della donna che aveva di fronte. Lilith prese in braccio Ella e la strinse al cuore baciandole la testolina ricoperta da sottili capelli biondi, voleva che il suo corpo ricordasse la sensazione di quella gioia, il calore del suo piccolo angelo. La depose nel lettino e uscì dalla porta.

«Non sarò così lontana»

«La amerò anche per te, e quando sarete pronte vi ritroverete» Lilith le sorrise, poi mutò forma e corse via.

4

Molti anni dopo.

«Calime guarda riesco ad arrampicarmi fino in cima»

«Scendi Ella, potresti farti male»

Per tutta risposta le arrivò una mela addosso e iniziarono le risate. Ella era diventata una splendida giovane donna, gli occhi di ghiaccio di Mikael spiccavano sulla sua pelle candida, il suo animo risplendeva di gentilezza e compassione. Il viso incorniciato da lunghi capelli biondi e il fisico esile ma tonico come quello di Lilith, da cui aveva preso anche la grinta e la determinazione.

Imboccando la stradina che portava a casa di Syra, le ragazze si resero conto che qualcosa era cambiato la terra era arida, gli arbusti marcivano e i rami degli alberi vicino al sentiero si spezzavano da soli.

«Cos'è successo? Qualche ora fa era tutto rigoglioso»

Un'ombra si fece largo tra i cespugli, era un grosso essere con gli occhi completamente neri e le zanne in bella vista, puzzava di zolfo e il suolo che calpestava sembrava putrefarsi al suo passaggio.

«Carne!»

Le ragazze fecero dei passi indietro, la sua voce era terrificante, aveva una falce in mano con delle incrostazioni rossastre, e non serviva un genio per capire che fosse sangue.

«Facci passare»

Ella moriva di paura ma si costrinse ad alzare il mento, Calime invece le afferrò un braccio percependo la forza del demone.

«Non provocarlo» Dagli alberi un ululato fortissimo risuonò nell'aria.

«È lei! È venuta ad aiutarci, corri Calime»

L'essere si lanciò a velocità contro le giovani che scappando verso il bosco, videro la lupa dagli occhi rossi che balzava in aria sopra le loro teste senza temere la forza di gravità, atterrando addosso alla creatura raccapricciante. I rumori che udirono in seguito erano quelli che contrassegnavano una lotta feroce; grugniti, lamenti, imprecazioni e ossa che si spezzavano. Nascosta dietro il tronco di un'enorme sequoia, Ella assisteva alla violenza dei colpi che si sferravano. La dolce lupa che l'aveva seguita nella crescita, che era con lei quando giocava nella foresta, quella che quando piangeva perché si era sbucciata un ginocchio la riportava a casa, ora azzannava con ferocia quell'essere mostruoso dilaniandogli la carne.

Per Ella era atroce osservare quello scontro, così recuperò un bastone da terra e si diresse verso di loro con il desiderio di aiutare la sua lupa. Calime non riuscì a trattenerla, era pericoloso per Ella avvicinarsi a lui e di sicuro avrebbe distratto la lupa. Il mostro si accorse della ragazza prima che entrasse nel suo campo visivo, prese un pugnale di bronzo e glielo lanciò addosso. La lupa con uno scatto della mascella intercettò la lama, ma con quel movimento aveva lasciato scoperto un lato del suo corpo. Il demone ebbe il tempo di rimettersi in piedi e affondare un potente colpo di falce nella coscia della lupa, e per poco non le staccò l'intera gamba. Sentendo l'animale guaire, Ella si precipitò verso di lei, si parò davanti al suo corpo ferito brandendo il bastone come fosse una spada.

«Il tuo cane sembra ridotto male»

Un ghigno perfido si disegnò sul volto orribile dell'essere, sollevò la falce e proprio mentre stava per calarla sulla ragazza, la sua testa si staccò dal collo. Ella non capiva cosa fosse successo, un attimo prima il mostro stava per ucciderla e ora il suo corpo era a terra diviso in due pezzi.

«Stai bene?» Qualcuno la scuoteva «Ragazza stai bene?»

«Ella tesoro rispondimi»

Al sentire la voce di Calime, la giovane uscì dallo stato shock dovuto alla paura «Si sto bene» Buttò a terra il bastone notando lo sconosciuto che era accanto alla sua amica.

«Ella questo è mio fratello Evandrus, eri molto piccola quando lui è partito per l'addestramento militare»

«Sono appena tornato da una spedizione di guerra contro l'esercito infernale, e non pensavo certo di trovare qui uno di quei viscidi mostri» Lui le sorrise, era così bello che Ella arrossì, poi lo vide chinarsi «Vediamo quanto è grave questa lupa coraggiosa»

Ella guardò confusa Calime «Siamo figli dello stesso padre»

In effetti non erano molto simili tranne che nella forma degli occhi e per alcuni minuscoli lineamenti del viso. L'elfo osservò la ferita attentamente, mentre le ragazze accarezzavano la lupa. Ella le teneva la testa sulle sue gambe e questa sembrò calmarsi.

«La ferita è grave» Sentenziò l'elfo, i suoi occhi erano grigi, intensi e concentrati.

«Dovremmo chiamare Syra o portarla da lei»

Tutti e tre fissarono la lupa con molta angoscia «Non possiamo spostarla morirebbe nel tragitto, dovremo aiutarla noi e in fretta»

Calime sapeva che quella ferita non avrebbe ucciso la lupa, ma per guarire Lilith sarebbe dovuta tornare donna e non era il caso che Ella conoscesse sua madre in quel modo. Lo sguardo della sirena si incatenò agli occhi di Ella in una tacita richiesta.

«Vado a cercare delle erbe curative»

Ella non era sicura di avere abbastanza potere per guarire la lupa, sino ad allora aveva curato lievi ferite di uccellini e conigli, poi l'animale fissò i suoi occhi color rubino su di lei e ad Ella sembrò che volesse incoraggiarla proprio come aveva appena fatto la sua amica.

«Va bene, tu hai aiutato me e ora io aiuterò te»

Calime aveva recuperato tutte le erbe, e dopo averle pestate tra due pietre e iniziò a spalmare l'unguento sulla ferita per fermare l'emorragia che Evandrus aveva intanto tamponato con un pezzo della sua casacca, poi lei e il fratello si allontanarono. Ella era determinata e terrorizzata allo stesso tempo, concentrandosi al massimo con gli occhi chiusi e le mani aperte sulla ferita della lupa, ripensò agli insegnamenti di Syra.

«Il potere dentro di te è grande, ti basterà cercarlo e potrai fare ciò che vuoi. Non avere paura devi controllarlo, sentirlo nelle tue mani e lasciarlo fluire. È un'energia pura che puoi plasmare e manipolare senza timore»

Dentro di sé ripeteva quelle parole come un mantra, e trovò finalmente la forza di usarlo. Un leggero alone avvolse il corpo della lupa, che tremò in preda a spasmi di dolore per le ossa che ritornavano al proprio posto e i tessuti e i tendini che si rimarginavano.

Evandrus fissava la scena completamente rapito «Come è possibile?»

«Non appartiene agli Elfi e nemmeno alle Driadi, lei è molto di più» Lui guardò la sorella, aveva compreso subito che quella ragazza dagli occhi di ghiaccio non era come loro.

«Anche lei è una mezza sirena o una strega?» Calime scosse la testa, non aveva intenzione di rivelare nulla di più.

La ferita della lupa sembrava totalmente richiusa anche se era ancora visibile, Ella rimase accanto a lei accarezzandole la pelliccia. Passarono lunghi minuti di silenzio prima che l'animale riaprisse gli occhi e si tirasse su. Sorridendo la giovane le gettò le braccia al collo, il bracciale che Syra le aveva donato era caldo sulla pelle del suo esile polso.

«Sei viva! Grazie al cielo»

Aveva il viso rigato dalle lacrime, la lupa la fissò negli occhi come se volesse ringraziarla, poi la vide sparire nel bosco, e il sollievo che Ella provò nel vederla correre senza problemi fu enorme. Tornate alla casa, Syra accolse le ragazze con uno stufato dal profumo inebriante.

«Ciao mamma» Ella le baciò la guancia.

«Sei stravolta, cos'è successo?»

Calime e il fratello entrarono dalla porta «Salve Syra è un piacere rivederti» La strega si avvicinò a loro.

«Evandrus, come sei cresciuto, sei un uomo ormai»

Le raccontarono tutto dalla comparsa del mostro, alla lotta con la lupa, fino all'atto di Ella di utilizzare il suo dono per guarire l'animale ferito.

«Non avrebbe dovuto affrontare quel mostro è tutta colpa mia, stava per morire» *Per il mio stupido gesto di coraggio finito male.*

Syra si avvicinò alla ragazza che era preda del senso di colpa «Piccola mia quella non è una lupa come le altre, anche lei ha un grande potere ed è la tua Guardiana»

Gli occhi della giovane si illuminarono «La mia Guardiana?»

La strega le sorrise «Quando ti ho accolta in casa mia eri ancora in fasce, la lupa era a pochi metri da te e da allora non ti ha mai lasciata»

Evandrus si intromise nella conversazione «Beh, ero solo un ragazzino quando sono andato via, e adesso che ritorno trovo creature mostruose che prima erano bandite dalla nostra terra, lupi guardiani e bellissime ragazze con strabilianti poteri di guarigione»

Calime diede una gomitata al fianco del fratello, mentre Ella arrossiva cogliendo il complimento rivolto a lei.

«Ragazzo mio non sei cambiato per niente, sei cresciuto ma rimani sempre il monello che veniva a mangiare i miei biscotti»

Lui sorrise a Syra «Erano biscotti magici, e a questo proposito ho una fame bestiale»

Quella frase suscitò l'ilarità di tutti mettendo fine alle inquietudini della terribile giornata vissuta.

«Lo stufato è pronto, andate a tavola mangiamo tutti insieme e ringraziamo Evandrus e la lupa di avervi riportate a casa sane e salve»

Passarono i mesi e le ragazze imparavano sempre nuove nozioni sulle arti magiche. Dal giorno in cui erano state aggredite Ella aveva preso più consapevolezza dei suoi poteri, senza averne timore. Quando plasmava la sua energia per poterla controllare meglio ne riusciva addirittura a distinguere il colore, era di una tenue sfumatura d'azzurro.

Evandrus intanto era diventato una presenza costante nelle loro vite, d'altro canto Calime era l'unico familiare che gli era rimasto, così le aiutava con l'orto e la legna, senza trascurare l'addestramento dei giovani soldati a cui si dedicava quotidianamente. Insieme erano ciò che più si avvicinava all'idea di una famiglia, aveva addirittura ristrutturato la vecchia casa del padre per renderla una dimora accogliente per quanto umile.

Calime uscì di casa diretta verso la grotta delle sirene, sua madre Kanam era una delle tre sirene di razza pura più potenti ancora in vita e doveva istruire la figlia sulle sue capacità e insegnarle ad usare tutti i suoi doni.

Ella le andò incontro «Vengo con te Calime, aspettami»

«No rimani pure, dovrò restare qualche giorno alla grotta e andare in esplorazione con loro»

Ella si arrese sbuffando «Potrò mai conoscere tua madre e le altre signore dell'Oceano?»

Baciandole la guancia la sirena si allontanò sorridendo «Un giorno ti ci porterò»

«Anche se non ho la coda?» Di rimando Calime le fece la linguaccia. Erano cresciute come sorelle dato che Syra si era occupata anche di Calime, il legame tra le due giovani andava oltre quello del sangue.

Evandrus tagliava la legna ad una decina di metri di distanza, la giornata era afosa e lui si era tolto la maglietta, Ella uscì per portargli dell'acqua fresca e si fermò ad osservarlo con attenzione. Era bello, forte, il fisico asciutto e muscoloso di un guerriero e anche se aveva cicatrici sulle braccia e sulla schiena, per la prima volta lo guardava come un uomo e non come un amico. Lui percepì il suo sguardo addosso e si girò per sorriderle e il cuore di Ella perse un battito.

«Perché mi fissi dolcezza?»

Era ormai abituata alle sue lusinghe, usava sempre dei vezzeggiativi per lei «Io... Scusami»

«Sei tutta rossa e sei ancora più bella» Avvicinandosi le sfiorò il naso con l'indice, il suo sguardo serio era come l'acciaio liquido.

«Anche tu sei molto bello»

Subito dopo aver pronunciato quelle parole, la ragazza portò la mano alla bocca come per evitare di dire altro, lui allora le prese la mano e iniziò a baciarle le dita una ad una, Ella si infiammò ma non si ritrasse, neanche quando lo vide abbassarsi sul suo viso.

«Vuol dire che ti piaccio un po' piccola?»

«Oh Evan»

Fu un bacio delicato, gentile e infinitamente dolce. Un brivido partì dalla nuca di Ella fino a raggiungere ogni parte del suo corpo, era una sensazione strana come un leggero vibrare del cuore.

«Dolcezza io ti adoro, sei la persona più bella e speciale che abbia mai conosciuto»

Lei lo guardava con i grandi occhi luminosi. Sapeva che da quel momento in poi non si sarebbe più separata da quell'uomo straordinario.

Si sposarono qualche anno dopo con una cerimonia semplice sulla collina, e quando la sacerdotessa delle Driadi dichiarò la loro unione consacrata, gli amici esultarono e in lontananza i lupi ulularono di felicità. Tra gli alberi fitti la lupa osservava la scena tenendosi in disparte, così Syra si avviò verso di lei sfruttando il momento di distrazione degli sposi. L'animale indietreggiò quando la strega le fu vicina e pochi istanti dopo dallo stesso punto emerse Lilith.

«Ella è meravigliosa»

«Si è incantevole ed è felice. L'hai cresciuta bene Syra»

«L'abbiamo cresciuta bene, anche se non sa che sei la sua vera madre, le sei stata accanto per tutta la vita. Lei percepisce il vostro legame anche se non ne comprende appieno il motivo»

Evandrus fece volteggiare Ella sollevandola e poi baciandola con passione e amore, mentre gli invitati ballavano in cerchio intorno a loro, e il cuore di Lilith si riempì d'orgoglio. Quella era la sua bambina, ed era felice.

«È un uomo buono e la adora»

Lilith accennò un sorriso «È l'unico motivo per cui non l'ho divorato»

Risero di gusto mentre Calime le raggiungeva «Lilith che bello poterti riabbracciare»

«Anche per me, sei diventata bellissima, la sirena che è in te adesso si vede e come»

La giovane arrossì al complimento, in genere la scambiavano per una fata o una ninfa, erano in pochi quelli che riconoscevano il suo lato sirenico.

«Stanno per iniziare i festeggiamenti Syra dovremmo tornare alla festa»

«Lo so» Guardarono entrambe Lilith «Vieni con noi, forse è arrivato il momento di...»

«No!» Fu la brusca risposta «Non posso metterla in pericolo proprio ora che è felice. I demoni diventano sempre più forti, qui non riescono a rintracciarla, tutti la credono solo una strega qualunque. Se qualcuno la collegasse a me sarebbe la fine»

«Ti capisco, ma sappi che quando deciderai di farti avanti lei ti accetterà. Siete parte l'una dell'altra»

Lilith assentì con un cenno della testa «Preferisco farla vivere lontano dalle mie tenebre»

«A presto Lilith»

Lei balzò indietro riprendendo la forma di lupa e mentre le due donne tornavano ai festeggiamenti, si avviò verso il bosco.

«Aspetta!»

Le sue orecchie sensibili captarono la voce di Ella. Voltandosi vide la figlia che le correva incontro e sgranò gli occhi di rubino.

«Guardiana ti prego aspettami! So che non possiamo comunicare, ma so anche che tu mi capisci»

Quando la raggiunse, Ella aveva le guance rosse per la corsa e reggeva l'orlo della lunga veste bianca che indossava, era stata intessuta a mano dalle Driadi come dono di nozze. Al polso portava il bracciale che le aveva lasciato in dono, il gioiello brillava come se sapesse quanto era vicina l'altra sua metà.

«Volevo ringraziarti, anche oggi sei con me e ne sono contenta»

La circondò con le braccia e poi le diede un tenero bacio sul muso. Era quanto di più bello e prezioso Lilith avesse mai potuto desiderare, sua figlia l'amava, allora le sfregò il muso contro la guancia per farle capire che il sentimento era reciproco e poi corse via. Se fosse rimasta un attimo di più il suo istinto l'avrebbe fatta trasformare e dire tutta la verità alla ragazza, non poteva permetterlo. L'incolumità di Ella valeva tutta la sofferenza che lei provava per quel distacco forzato.

5

Il periodo di calma e serenità non durò molto, poiché diversi gruppi di demoni riuscirono ad intrufolarsi nel territorio degli Elfi, ma i guerrieri uniti alle Driadi per salvare le loro famiglie riuscirono a scacciarli subendo purtroppo molte perdite. Uno degli amici più cari di Evandrus cadde nella sanguinosa battaglia e la sua giovane moglie per il dolore e la disperazione si tolse la vita. Il loro bambino di appena un anno era ormai orfano e per il tenero cuore di Ella questo era insopportabile.

«Sei sicura Ella? Un figlio è una grande responsabilità»

Lei sorrise al marito baciandolo dolcemente «Syra mi ha cresciuta come se fossi parte di lei, non farà differenza se lo abbiamo generato o se il piccolo ci sia stato donato dal destino. Lo ameremo comunque»

Evan non poteva rifiutare nulla a colei che possedeva il suo cuore e si fidava della bontà d'animo di Ella «Va bene allora, il piccolo Jonhas sarà per noi un figlio»

Le origini elfiche del bambino lo facevano assomigliare vagamente ad Evandrus, era un bimbo intelligente, solare, bello e allegro. Quando compì tre anni i genitori gli dissero che avrebbe avuto un fratellino o una sorellina, anche se Syra era sicurissima che sarebbe stata femmina.

Al momento del parto Ella diede alla luce due splendide gemelle che avevano i caratteristici lineamenti degli Elfi, il viso grazioso dai lineamenti esili ma forti, i capelli biondi della madre e gli occhi grigi caldi e intensi del padre. Presto svilupparono doti eccezionali, come la madre infatti, anche loro riuscivano a curare i piccoli animali e sotto la supervisione di Syra iniziarono a praticare le arti magiche sin da piccole.

Come tutti i bambini Jonhas divenne capriccioso e intrattabile per colpa della gelosia, e man mano che cresceva la delusione di essere un semplice elfo in una famiglia con persone dotate di immensi poteri, era troppo da accettare. Gli avevano raccontato che era nato da due amorevoli genitori, che lo avevano adorato ma che il destino gli aveva tolto troppo presto. Crescendo però lui si era fatto un quadro un po' diverso della situazione. Il suo vero padre era morto in battaglia dando la vita per salvare il suo popolo, era un ottimo guerriero ma un uomo con il cuore troppo tenero, infatti aveva sposato una donna debole e fragile. Quella stessa donna che aveva preferito seguire il marito nella morte, che accompagnare il figlio che tanto diceva di amare nella vita.

Non tollerava l'idea di diventare un debole come Evandrus o il suo vero padre. Nel suo cuore si insinuarono la rabbia, l'invidia e un profondo senso di abbandono, così iniziò a trattare tutti con superbia e disprezzo, divenne insensibile a tutto dedicandosi solo all'arte della guerra. Un ragazzino soldato che riusciva ad atterrare guerrieri adulti e a ferirli, e che con il passare del tempo si trasformò in una persona spietata. Alla vigilia del suo undicesimo compleanno, decise di partire e magari di non tornare più, non sopportava più l'amore di quella casa, i genitori che erano sempre tolleranti nonostante le cose orribili che faceva, e le sorelle che gli andavano dietro come se lui fosse la persona più importante per loro. Erano odiose.

Inoltrandosi nella foresta, scorse una lepre a un centinaio di metri e con precisione e sangue freddo scoccò la freccia con l'arco che Evandrus gli aveva regalato qualche settimana prima, quindi accese un fuoco e scuoiò l'animale. Intorno a lui tutto taceva mentre la sua cena si cuoceva, la sua natura di elfo lo mise in allarme sulla negatività che si faceva sempre più vicina. Quel silenzio era innaturale.

«Che buon odore»

Jonhas si girò di scatto e vide un uomo anziano, era pelle e ossa, sporco e con la barba lunga e sudicia. Sembrava aver camminato per giorni senza sosta, i suoi piedi sanguinavano ed erano pieni di vesciche. La cosa più impressionante però erano i suoi occhi, di un giallo letale, non sembravano nemmeno terreni.

«Chi sei?» Il giovane aveva già tirato fuori dal fodero il pugnale.

«Calma ragazzo, sono solo un uomo che ha fame» Il vecchio zoppicando arrancò per quei pochi metri che lo separavano dal tronco e si sedette accanto a lui.

«Non ti ho detto che puoi stare qui!»

Quegli occhi straordinari lo fissarono mentre sul viso dell'uomo le fiamme proiettavano oscure figure, nonostante il sole fosse ancora alto nel cielo. Jonhas provò una profonda paura.

«Siediti ragazzo»

Come controllato da una forza estranea al suo corpo si sedette a terra «Cosa mi hai fatto?»

Una risata maligna uscì dalla bocca del vecchio «Il tuo cuore è nero non è difficile entrare dentro di te»

«Sei un demone?»

«Oh no, sono molto di più e da oggi sarò il tuo Signore»

«Non ho un padrone e non lo avrò mai!»

Jonhas fu sbalzato da un albero all'altro con violenza, mentre l'uomo strappava una zampa dall'animale che non era ancora cotto del tutto e vi affondava i denti marci. Un attimo dopo il ragazzo si ritrovò scaraventato ai piedi del vecchio dolorante e con la vista annebbiata.

«Posso ucciderti adesso Jonhas o posso renderti il più feroce e forte guerriero che le razze immortali abbiano mai visto»

«Come sai il mio nome?»

«Ti ho osservato, conosco tutto ciò che desideri e posso concederti il potere per realizzare tutto ciò che vuoi»

«E in cambio dovrei servirti?»

Nello stesso momento in cui fece la domanda ebbe la consapevolezza di aver trovato la sua strada. L'idea di fare soffrire la sua famiglia, di essere forte al punto da incutere timore al solo passaggio e di sterminare il suo villaggio, era troppo allettante.

«Accetto, Padrone»

Il vecchio lo afferrò per il collo, a Jonhas sembrò di morire e forse era davvero così.

Si svegliò dolorante, il cielo si era già fatto buio e non sapeva bene quanto tempo avesse passato incosciente. Vedeva le cose con occhi diversi, non era del tutto padrone di sé, il corpo non rispondeva alla sua volontà. Era una strana sensazione, quello era il suo corpo, erano i suoi piedi che si muovevano ma non era il suo volere; era come vedere se stesso dall'esterno. A pochi passi da lui vide il cadavere dell'anziano, gli occhi sbarrati dal terrore e un rivolo di sangue nero che gli usciva dalla bocca. La paura che Jonhas provava lo faceva tremare fino alle ossa, ma il suo corpo era inspiegabilmente stabile e sicuro nei movimenti. Senza curarsi del cadavere, imboccò il sentiero per tornare a casa e quando vi arrivò vide che fuori dalla porta Evandrus era intento a spegnere le ultime lanterne prima di andare a dormire. Appena lo notò il viso dell'uomo si rallegrò.

«Jonhas, sei tornato»

«Padre» Il ragazzo corse ad abbracciarlo, ma la repulsione che provò per quell'atto non gli permise di fermarsi.

«Oh figliolo, finalmente hai capito. Ho desiderato così tanto che tu mi volessi bene come te ne voglio io»

Il padre lo stringeva forte con le lacrime agli occhi e senza rendersene conto Jonhas tirò fuori il pugnale e colpì Evandrus allo stomaco, rigirando la lama nella sua carne. L'uomo capì troppo tardi quello che era successo, ma riuscì a scorgere qualcosa di demoniaco negli occhi del figlio.

«Perché?»

Fu la sola parola che l'elfo pronunciò prima di cadere in ginocchio. Gli occhi del ragazzo lampeggiarono di giallo e un'ombra si riversò fuori dal suo corpo per entrare in quello del padre, insinuandosi dalla ferita. Evandrus si piegò in due dal dolore e anche se urlava a squarcia gola dalla sua bocca non usciva nessun suono.

Poco dopo la ferita si rimarginò, Evandrus si rimise in piedi e i suoi occhi erano completamente gialli. Prese per un braccio il ragazzo che aveva perso i sensi e lo portò in casa abbandonandolo sul pavimento freddo, poi si diresse verso la camera da letto. Ella si era appisolata ignara di tutto ciò che era successo, una parte di lui desiderava quella donna con una malata ossessione e l'altra parte invece voleva urlarle di scappare via. Salì sul letto e la girò verso di sé iniziando a baciarla con foga, Ella si svegliò stranita.

«Evan che fai?»

Lui la fissò, come se vedesse una creatura di una nuòva razza per la prima volta, poi si strappò i vestiti «Ti voglio, sei bellissima»

Lei sorrise a disagio e incerta prima che lui l'afferrasse, e in quel momento capì che il marito non era del lucido. Era rude e non la trattava con la solita gentilezza.

«Urlerai per me donna?»

«Cosa dici? Le bambine dormono di là»

In cuor suo Ella temeva che quella reazione fosse una conseguenza del dolore dovuto alla fuga del figlio. Il suo tocco però era troppo forte, non era disperazione quella che avvertiva nell'uomo che aveva di fronte, era frenesia, rabbia e lussuria. Era pura oscurità.

«Evan mi fai male, calmati!»

Lui le ridusse a brandelli la veste da notte spingendola a forza sul letto, mettendole una mano intorno al collo per tenerla giù.

«Se non vuoi urlare, allora dovrai stare zitta»

Ella aveva gli occhi sgranati, riusciva a malapena a respirare mentre lui la possedeva con impeto, pianse lacrime amare non era il suo Evan quello. Suo marito le aveva fatto scoprire i dolci piaceri dell'amore, l'aveva sempre protetta, rispettata, adorata e deliziata. Il feroce ululato che giunse dal bosco la fece rabbrividire e prima di perdere i sensi vide gli occhi del suo amato elfo divenire del tutto gialli.

«Maledetta Lilith!» Fu l'ultima frase che Ella udì prima di perdere i sensi.

Il demonio era ancora sopra la donna, pronto a ricevere il potere che cercava da anni, ma non accadde nulla, così iniziò a scuotere violentemente il corpo inerme di Ella.

«L'ho sottomessa e non si è difesa, perché il potere non è passato a me?»

Un altro ululato sempre più vicino irrompeva nel silenzio della notte, Lucifero aveva poco tempo prima che Lilith richiamasse gli angeli per scacciarlo, così graffiò con gli artigli la pelle di Ella e assaggiò il sangue della ferita per ottenere risposte. Immagini poco dettagliate di un rito gli passarono nella mente, una strega potente praticava un incantesimo su di una neonata, le sue parole vincolavano il dono della piccola al suo sangue. La rabbia del demonio esplose in un ruggito possente, diede un'ultima occhiata piena d'odio al corpo incosciente della donna.

«Se non potrò averlo da te, lo avrò da chi ami»

Il demonio avvertiva la presenza di Lilith vicino alla casa, stava correndo all'impazzata per raggiungere la sua adorata figlia ma era bloccata dalla nebbia magica dello stregone e dai demoni sentinella che aveva sparpagliato.

Troppo tardi lupa, il suo destino è compiuto. Lucifero lasciò il corpo di Evandrus esanime e in uno stato catatonico e sparì, insieme a lui evaporò anche la nebbia che avvolgeva l'intero villaggio.

Ella fu svegliata dal potente ululato della lupa, che era diverso dal solito, sembrava urlare un dolore immenso che le trasmetteva una strana inquietudine. Il suo corpo era dolorante e osservandosi vide i molti lividi che aveva addosso. Evandrus dormiva accanto a lei, atterrita la donna saltò giù dal letto osservando quell'uomo che le aveva usato violenza, il disprezzo però si dissipò quando si accorse che tremava e batteva i denti così forte da romperseli, gli sfiorò la fronte, stava bruciando. Uscì dalla camera padronale per andare a controllare le bambine che per fortuna dormivano tranquille, poco più in là trovò Jonhas riverso a terra, anche la sua pelle scottava. *Che diamine sta succedendo?*

Lo portò in camera da letto accanto al padre, e dopo averli coperti per bene e avergli messo una sorta di panno intrecciato in bocca per evitare che si spezzassero i denti, corse verso la casa di Syra per cercare aiuto. L'alba era appena spuntata all'orizzonte e stranamente faceva troppo freddo per la stagione in cui erano, un'insolita nebbia si stava diradando. La lupa le fu subito accanto scortandola fino alla casa della strega, annusandola e ringhiando come se fosse a conoscenza di tutto. Syra era già davanti alla porta.

«Cosa ti è successo piccola?» Ella si precipitò fra le sue braccia scoppiando in un pianto isterico.

«Aiutami madre ti prego. Evan e Jonhas hanno la febbre alta, non so cosa sia accaduto stanotte ma, è stato terribile» La donna era confusa mentre Syra le esaminava le braccia e il collo.

«Chi ti ha fatto questi segni?»

Non erano impronte di dita ma di artigli, eppure solo il marito l'aveva toccata. Raccontò della terribile notte appena trascorsa, tralasciando i particolari dell'atto sessuale troppo intensi anche solo da ricordare.

«Qualcosa li ha posseduti»

La voce di Syra era soffocata. Il pensiero che quelle parole scatenarono in Ella le fece perdere l'equilibrio e la lupa le si accostò per sorreggerla mentre Calime le portava un bicchiere d'acqua.

«Tesoro so che è difficile, però devi sforzarti di ricordare ogni particolare, dobbiamo capire chi era il demone e qualsiasi cosa abbia fatto o detto è importante»

«Mi guardava come se mi vedesse per la prima volta»

Ella cercò di ripensare alle ore precedenti, aveva ancora la mente offuscata dalla paura. Le altre donne e la lupa colsero quella frase con intesa, ciò stava a significare che chiunque fosse la cercava da tanto.

«Quando ha sentito l'ululato della Guardiana si è infuriato. I suoi occhi sono diventati gialli, ultraterreni» Quella era la certezza che si trattava di Lucifero «Credo che alla fine abbia imprecato contro una certa Lilith»

Lilith, che aveva fatto crescere sua figlia nella terra delle Driadi come se fosse una strega, che le aveva vincolato i poteri lasciandola senza difese, aveva fallito come madre e come difensore. Lucifero l'aveva cercata finché non era riuscito a trovarla e addirittura a possederla, ma non a portarla via, qualcosa per fortuna glielo aveva impedito. Probabilmente il sigillo che Syra aveva posto ai suoi poteri quando era ancora una neonata era talmente forte che nemmeno il demonio era riuscito a spezzarlo.

Si dedicarono per giorni ad Evandrus e Jonhas affinché si riprendessero del tutto dal loro stato di incoscienza, sembravano non ricordare ciò che era successo a parte la febbre, nessuno ebbe il coraggio di raccontare loro la verità.

Qualche mese dopo fu evidente che Ella aspettasse un bambino, la notizia rese Evan e le gemelle più felici che mai.

«Avremo un'altra sorella»

«Forse un fratellino»

«Magari saranno entrambi?»

Lilith e Syra invece erano molto preoccupate, non sapevano cosa aspettarsi da quella creatura, di sicuro sarebbe stata una bambina, ma avrebbe incarnato l'oscurità del demonio o l'anima pura della madre?

Inviarono Calime alla grotta delle sirene in cerca di informazioni, consigli o qualsiasi altro aiuto relativo alla futura nascita, sapendo che le Regine dell'Oceano non le avrebbero negato la loro collaborazione.

«Calime finalmente, cosa ti hanno detto le sirene?» Il viso della ragazza era scuro come un cattivo presagio.

«Non si sono sbilanciate molto, hanno detto che fisicamente sarà figlia dei genitori naturali, ma la sua anima sarà in parte demoniaca come Lucifero»

«Come può essere?» Lilith cadde in ginocchio «È colpa mia non sono riuscita a proteggerla, mi sono accorta della sua presenza troppo tardi»

Syra le si avvicinò tentando di confortarla «Non potevi fare nulla di più. Aveva pianificato tutto e aveva posseduto il ragazzo, è solo grazie a te che il demonio non è riuscito a portarla via e a farle altro male»

«Le sirene vogliono vedere la creatura quando nascerà»

La tensione era palpabile, il potere delle sirene era unico e legato alle energie. Avrebbero capito quale era la tendenza energetica della bimba e deciso se sopprimerla o meno, il potere oscuro di Lucifero poteva generare qualcosa di ancor più terrificante e tutti lo sapevano.

A mesi di distanza non c'erano stati altri episodi che interessavano i demoni, nessuna possessione, nulla di anomalo, come se tutti sapessero di doversi tenere alla larga. Ella era più radiosa che mai e con il pancione sembrava ancora più giovane, Lilith la trovò seduta sotto un enorme albero, sorrideva e si accarezzava il ventre, così si accucciò accanto a lei.

«So cosa pensi anche tu Guardiana, ma io amo questa creatura. È parte di me non posso odiarla anche se è stata generata da un atto malvagio» La lupa la fissò e poi appoggiò la testa sulle sue gambe sospirando rumorosamente.

«Syra mi ha insegnato che tutto ciò che siamo e facciamo dipende da noi. Io credo che un contadino possa diventare un guerriero, un ladro impegnandosi può diventare onesto. Un'anima cattiva può diventare buona, basta scegliere di stare dalla parte giusta» Teneramente la giovane le diede un bacio sul muso e poi tornò a casa.

Quando ormai mancava poco al parto, Syra si diresse alla grotta delle sirene, non vi era mai entrata. Anni prima aveva conosciuto Kanam, ma dopo la morte del padre di Evan e Calime che la potente sirena aveva tanto amato, quest'ultima si era rifugiata nelle acque per affrontare la sua perdita. Così Syra aveva preferito che fosse

Calime a fare da tramite tra loro.

«Signore dell'Oceano, sono qui per chiedere il vostro aiuto»

In un battito di ciglia si ritrovò di fronte a loro senza che avesse mosso un passo «Come possiamo aiutarti strega?»

«La bambina sta per nascere e il demonio non dovrà saperlo» Le tre sirene si guardarono, erano irreali, sinuose e affascinanti.

«I miei poteri mi permettono di occultare solo chi già ha respirato il primo alito di vita. Non avrei il tempo di fare l'incantesimo»

Le sirene le porsero un'ampolla trasparente, erano già preparate alla richiesta di Syra evidentemente «Prendi quest'acqua e falla bere alla madre, creerà un alone intorno alla neonata e il male oscuro non riuscirà a percepirla. Per ora è tutto ciò che possiamo fare»

La strega strinse la boccetta come se fosse un tesoro prezioso «Vi ringrazio»

«Sai già qual è la condizione per il nostro aiuto strega»

Con grande forza di volontà Syra assentì al loro volere, sapendo che nel caso di un parere negativo avrebbe dovuto rassegnarsi a veder morire la piccola senza intervenire in alcun modo.

Ella trangugiò l'acqua che Syra le aveva portato tutta d'un fiato, salvare la sua creatura era di vitale importanza per lei.

Qualche notte dopo si preparava a partorire mentre un temporale spaventoso si abbatteva sulla terra che li ospitava, la strega aveva creato un incantesimo di protezione su tutto il villaggio mentre Lilith e i suoi lupi controllavano i confini per scongiurare qualsiasi invasione demoniaca. Un potente fulmine cadde vicino alla casa proprio quando la bambina nacque, sancendo così l'arrivo di un nuovo essere potente.

La neonata era forte e in salute, non aveva i tratti elfici come le sorelle, era bellissima come la madre, ma più simile a Lilith. I capelli corvini le arrivavano a coprire la fronte, i suoi occhi di un intenso verde sembravano due rari smeraldi. Evandrus la teneva tra le braccia con occhi estasiati.

«Benvenuta al mondo mia piccola Reina. Mio dolce amore»

Erano parole tenerissime, che un padre riservava ad un figlio. Come avrebbero potuto dirgli che quella creatura non era del tutto sua? Come avrebbero potuto spezzare quel legame indistruttibile e meraviglioso che si era creato tra loro al primo sguardo?

Con la speranza di poter evitare qualsiasi disgrazia, Syra somministrò ai neo genitori un potente sedativo insieme alle vivande, e quando fu sicura che la coppia dormiva profondamente, prese la bambina coprendola bene ed uscì di casa, la lupa la stava aspettando fuori dalla porta. Arrivarono alla grotta delle sirene impazienti e con la paura nel cuore, se avessero deciso di annientarla, probabilmente Lilith si sarebbe battuta fino alla morte per salvare la piccola, e loro volevano evitare ciò.

«Venite avanti»

In un attimo dall'ingresso della grotta si ritrovarono in una gigantesca sala ovale con le pareti blu cobalto, le avevano trasportate fino a lì, dimostrando l'ampia portata dei loro poteri. Syra depose la bambina su un altare a tre punte fatto di zaffiri e acqua marina, mentre Lilith riprendeva la forma di donna.

«Abbiamo rispettato il vostro volere portandola qui, adesso vi preghiamo di aiutarci, diteci cosa possiamo fare per tenerla al sicuro? Lei non sembra un demonio»

Come se avesse capito le sue parole Reina aprì gli occhi. Le sirene si avvicinarono per poter osservare meglio la bimba, subito la loro espressione passò da sospettosa a scioccata.

«È una meraviglia»

Kanam rivolse uno sguardo di intesa alle sue sorelle poi fissò la lupa a lungo, era la prima volta che la vedevano in forma umana.

«Ti assomiglia»

A quel punto la strega si intromise «Lilith è la vera madre di Ella, la piccola dunque è una sua discendente»

«Nel profondo dell'anima di questa bimba c'è una luce meravigliosa. Dicci Lilith, il padre di Ella chi è?»

«Un angelo»

Gli occhi delle regine della grotta si accesero all'unisono, di sicuro lo sapevano già, ma volevano un'ammissione completa. *La fiducia rende vulnerabili.*

«Allora non tutto è perduto» La sirena dai capelli biondi sfiorò Reina e la piccola le sorrise goffamente con le sue dolci smorfie da neonata.

«Se riuscirete a tenerla lontana dal male assoluto lei sceglierà di stare dalla parte giusta, ma se fallirete lei si schiererà con gli inferi e allora sarete costrette a distruggerla prima che diventi troppo potente e decida di distruggere voi. Il ruolo che il re degli inferi le ha dato sarà il peso della sua esistenza»

Le sirene si disposero agli apici dell'altare prendendosi per mano e iniziarono a recitare delle frasi nel loro idioma. Un'esplosione di luce riempì la grotta, era così forte che Lilith e Syra dovettero coprirsi il viso. Quando la luce sparì Reina piangeva, una sirena dai capelli ramati simili a quelli di Calime, la prese in braccio per farla calmare e poco dopo la bimba si tranquillizzò sollevando le piccole palpebre.

«I suoi occhi sono neri, cosa le avete fatto?»

«Abbiamo creato intorno a lei un alone protettivo che rende impercettibile il suo dono agli altri. Gli occhi neri servono solo a non rendere troppo evidente il suo legame con gli angeli»

«Avete vincolato il suo potere?»

«No. Non potevamo, il potere è sempre lì ed è molto più forte di quello della madre. Ogni volta che un'emozione si farà strada in lei la sua vera natura uscirà allo scoperto. Nessuno né angelo né demone guardandola sarà in grado di riconoscerla se non sarà lei a volerlo, o finché lei e l'immenso dono che ha dentro non diverranno una cosa sola»

Lilith prese Reina e la fissò con dolcezza, come aveva fatto con Ella tanti anni prima. La sirena dai capelli scuri le parlò con un tono di voce pieno di comprensione.

«In tua figlia la parte angelica è troppo forte. Lei non si è difesa perché non ha riconosciuto il male assoluto finché non è stato troppo tardi. La bambina invece ha l'oscurità in sé, la identificherà istintivamente e in parte ne sarà attratta, dovrà trovare l'equilibrio per non farsi dominare e per non cedere al suo fascino»

Syra le appoggiò una mano sulla spalla «Sarà sempre in lotta con una parte di sé, come lo sei tu amica mia»

6

Erano passati quattro anni dalla notte della sua nascita, e Reina era diventata una bambina allegra e intelligente, che amava la natura, la corsa e il combattimento. Un vero maschiaccio. Seguiva gli allenamenti del fratello e lo imitava brandendo dei rami al posto delle spade. Evan tornando dal campo di addestramento la vide armeggiare con i legnetti e la prese in braccio sollevandola più che poteva, provocandole un gridolino di sorpresa.

«Cosa fa la mia principessina?»

«Sono una guerriera papà, come te»

«Una guerriera che sa volare»

Iniziò a volteggiare tenendola sempre in alto e alla piccola sembrava davvero di librarsi nell'aria, Ella osservava la scena dalla finestra, mentre le gemelle uscivano ad abbracciare il padre.

«Prendi anche me papà»

«Anche me»

«Che uomo fortunato sono, nessuno ha così tante donne ad amarlo»

Ed era davvero così. Le ragazze lo adoravano e per sua moglie lui era la vita stessa, non ci sarebbe stato mai un uomo come lui nelle loro vite, nessuno le avrebbe amate e protette con tanta dedizione come Evandrus.

«Smettetela con questa confusione! Mi distraete dai miei allenamenti» Il tono brusco di Jonhas li fece zittire di colpo.

«Non parlare così alle tue sorelle»

«Sono solo ragazzine stupide e viziate non sono le mie sorelle, non abbiamo lo stesso sangue. Io sono un orfano»

Uno schiaffo colpì il ragazzo così forte, che dovette fare tre passi indietro per restare in piedi.

«Come osi picchiarmi?»

«Come osi tu? Sei mio figlio che ti piaccia o no, e questa è la tua famiglia. Ti amiamo e tu ci odi, le ragazze ti adorano e tu le disprezzi»

Jonhas sputò a terra «Parto domani con l'esercito per le terre del nord, così non dovrò più sopportarvi»

Il malessere di Jonhas nei loro confronti era sempre stato troppo grande, l'unica speranza di Evan era che la lontananza del ragazzo servisse a fargli capire che la sua famiglia c'era e lo amava. Aveva temuto l'arrivo di quel giorno sin da quando era piccolo, ma adesso avrebbe dovuto lasciarlo andare. Evandrus strinse i pugni così forte che la pelle delle nocche sembrava sul punto di lacerarsi, mentre fissava la schiena del figlio che adorava e che lo stava abbandonando.

Reina corse dietro al fratello «Jonhas aspettami!»

Lui si girò di scatto, rabbioso e pronto a colpire la piccola, ma in un attimo la lupa gli fu di fronte ringhiando con la bava alla bocca, pronta a sbranarlo se avesse dovuto. La bambina si fermò vicino alla Guardiana come se avesse percepito il pericolo e poi vide il fratello sparire aldilà del bosco.

Evandrus cadde a terra, mentre una spada gli dava colpetti innocui allo stomaco di piatto.

«Ho vinto io papà»

Lui si tirò su sbuffando «Mia dolce Reina hai quindici anni, non potresti fare le cose che fanno le altre ragazze? Le tue sorelle non si sognerebbero mai di chiedere una spada come regalo di compleanno»

«Ma loro non sono delle guerriere mentre io si, e poi la mamma mi ha donato questo»

Reina fece scintillare sotto il suo naso il bracciale d'oro che un tempo Lilith aveva lasciato in dono ad Ella. Le risate allegre delle gemelle giunsero dal sentiero, portavano cesti colmi di frutta e verdura.

«Vado ad aiutarle, così sembrerò una ragazza normale»

Reina ripose la spada nella custodia che aveva legato alla schiena, fece un regale inchino al padre e corse dalle sorelle.

«La fai sempre vincere»

Ella si avvicinò al marito baciandogli la guancia teneramente e lui scosse la testa stringendola al petto.

«È diventata più forte e audace, sono convinto che non usi tutta la sua forza. Nostra figlia è speciale» Le sollevò il mento per poter baciare quelle labbra che lo avevano fatto innamorare.

«Tutti i nostri figli lo sono mio caro»

«Già, ma in lei percepisco qualcosa che non riesco a riconoscere, che forse non ci appartiene del tutto»

L'angoscia si fece strada nel cuore di Ella «Cosa intendi dire?»

«Niente tesoro stai tranquilla, è che non riesco a togliermi di dosso la sensazione che lei sia destinata a qualcosa di più grande di noi»

La lupa sorvegliava sempre la sua famiglia e ormai Reina la conosceva bene, andavano in giro per i boschi e correvano nelle radure. Lilith la stava allenando a modo suo, facendola rafforzare nel fisico e spingendola ad usare tutti i sensi. Anche se la giovane non si trasformava in lupo come lei, ne aveva ereditato tutti gli istinti. La caccia, la corsa, la dipendenza dalla libertà e dalla natura, riusciva anche a guidare il branco quando la lupa glielo lasciava fare. Più cresceva e più somigliava a Lilith, il suo spiccato spirito di osservazione e la capacità di combattere nonostante non avesse esperienza erano stupefacenti, come fosse stato tutto plasmato insieme ai suoi geni. Era la perfetta guerriera.

In tutti quegli anni Reina non aveva mai dato modo di dubitare del suo animo. Se si arrabbiava o se era troppo felice i suoi occhi scintillavano di smeraldo, ma ormai nessuno ci faceva caso in famiglia, per loro era una sua caratteristica e non una stranezza. Syra e Calime la istruivano, parlandole di leggende in cui il maligno cercava un potere grande a metà tra il bene e il male, che se fosse finito nelle sue mani gli avrebbe dato la capacità di aprire le porte dell'Inferno. Le avevano insegnato a riconoscere e distinguere le creature nonostante non avesse mai avuto modo di incontrarle. Aveva letto gli scritti che gli Elfi e le Driadi si tramandavano da generazioni, imparando a conoscere le particolarità, l'aspetto, i punti di forza e le debolezze degli esseri con cui avrebbe potuto scontrarsi.

Un pomeriggio di metà autunno Reina e la lupa si incamminarono verso la casa di Syra, era sempre un piacere andare a trovarla, perché sapeva di trovare lì anche la sua amata zia Calime.

Lilith aveva avuto una brutta sensazione per tutto il giorno, i peli della sua schiena non erano mai stati così ritti in tutta la sua esistenza, per questo aveva deciso di scortare la ragazza.

«C'è qualcosa di strano oggi»

L'inquietudine non aveva lasciato un solo istante neanche Reina, continuava a guardarsi intorno ed aveva capito dai suoi movimenti che anche la Guardiana era allerta. Un insolito silenzio le accompagnò lungo il tragitto, finché non videro una colonna di fumo alzarsi proprio dalla casa della strega. Iniziarono a correre, la lupa arrivò per prima e tirò fuori dalla casa Syra e Calime afferrandole per le vesti con i denti. La giovane sirena stesa sul terreno bruciato tossiva cercando di prendere aria.

«Cos'è successo Calime?»

«Demoni. Syra li ha scacciati e poi ha perso i sensi»

Da dietro una quercia spuntò Kanam gli occhi furenti e la veste piena di sangue «È un attacco di massa, vogliono essere sicuri di vincere»

La donna aiutò la figlia a mettersi seduta accarezzandole la schiena in modo delicato. Reina sgranò gli occhi di fronte a quella creatura irreale, rendendosi conto che era la prima volta che vedeva la madre di Calime nonché matrigna di suo padre, solo dopo i primi attimi di turbamento Reina recepì il significato delle parole che aveva detto Kanam. Era in corso un attacco, doveva raggiungere i suoi cari e combattere.

«Devo tornare subito a casa» la lupa però le balzò addosso ringhiando, bloccandola sotto la sua mole.

«Lasciami» Reina si contorceva per scrollarsi l'animale di dosso, non capendo perché l'attaccasse.

«No!»

La giovane smise di divincolarsi a quel semplice ordine, incredibilmente colei che la teneva inchiodata a terra non era più la lupa ma una donna «Tu... Cosa?»

«Io sono Lilith, adesso non c'è tempo per spiegarti dovrai andare con Calime e Syra alla grotta delle sirene, lì Kanam e le altre si occuperanno di voi» detto questo la sconosciuta la liberò.

Reina si tirò su «Non ci penso nemmeno»

«Te lo ordino!» Il suo sguardo di rubino era infuocato.

«Non puoi fermarmi è la mia famiglia» continuarono a fissarsi «È la nostra famiglia, Guardiana»

Gli occhi di Reina ormai erano completamente verdi, ultraterreni, determinazione e rabbia turbinavano al loro interno insieme ad una paura inspiegabile.

«Reina ha ragione se andate insieme sarete più forti, porterò io Syra e Calime alla grotta»

Dopo un breve silenzio Lilith annuì «Va bene Kanam, vi raggiungeremo prima possibile»

Correndo all'impazzata Reina e la lupa tornarono al villaggio. Lilith richiamò il branco e così una dozzina di lupi coprirono i loro lati evitando che qualcuno potesse fermare la loro corsa. Arrivate sul posto lo scenario era orribile, strade impregnate di sangue e cadaveri riversi ovunque, urla strazianti e fuoco. Tanto fuoco e fumo nero che copriva la visuale in ogni direzione.

Reina impugnò la spada legata alla schiena, quella che il padre le aveva regalato e che portava sempre con sé, la sollevò e come se fosse il più naturale dei movimenti, staccò via le teste di diversi demoni senza esitazione, come Lilith faceva con le sue fauci. La ragazza non aveva mai ucciso nessuno, ma in quel momento non ebbe neanche il tempo di pensarci, nessuna esitazione. Arrivate davanti alla sua casa il cuore di Reina si spezzò, una coltre di fumo l'aveva inghiottita come un alone di morte. Oltrepassò la soglia tremando, il fuoco aveva divorato tutta la parte anteriore della casa e riempito di fumo nero il resto. Vide le sue dolci sorelle a terra, i vestiti strappati e bruciati, erano piene di sangue e la loro pelle lacerata in molti punti. Una violenza atroce le aveva colpite, toccò delicatamente prima una, poi accarezzò anche l'altra ma ormai non respiravano più. Udì un rantolo nell'altra stanza e tenne salda la presa sulla spada giurando che chiunque fosse stato il colpevole di quello scempio, sarebbe morto per mano sua.

«Padre!» Evandrus era riverso a terra in una pozza cremisi «Che ti hanno fatto?»

«Reina»

«Non parlare andrà tutto bene, ci sono io qui»

«Va via, prima che prenda anche te. Le mie bambine sono...»

Un pianto isterico e disperato travolse l'uomo che fino ad allora era stato il suo amato padre, il suo esempio, il suo guerriero. Gli avevano cavato un occhio, l'addome era squarciato e aveva una gamba mozzata. Anche se non faceva più parte dell'esercito elfico, Evandrus ne era stato un feroce combattente, per ridurlo in quello stato si erano accaniti su di lui. *È stato un attacco personale.*

«Guarirai padre, ce la farai» la ragazza afferrò quel che restava di un lenzuolo e lo premette sul suo addome.

«No, devi ascoltarmi. Tua madre... Erano in troppi ma sono riuscito a farla scappare, è corsa a cercarti»

«Lei è là fuori?»

Lilith entrò nella stanza in forma umana, aveva avvertito nell'elfo l'odore della morte nel suo sangue contaminato dal veleno demoniaco «Non ce la farà Reina, è tardi ormai ha perso troppo sangue»

Tra disperate lacrime Reina cercava di fargli forza «Non osare parlare così! Lui vivrà!»

«Chi c'è con te?»

«La nostra Guardiana, è qui padre ci aiuterà»

Evan sputò sangue «Proteggile, aiuta mia figlia e mia moglie, ti prego»

«Lo farò guerriero, sei stato l'uomo migliore che una madre possa desiderare per la propria figlia. Grazie di averla resa felice» Lilith si chinò a baciargli la fronte.

Kanam entrò dalla porta con gli occhi pieni di lacrime e dolore «Figlio mio»

«Madre»

Con molta fatica l'uomo alzò lo sguardo verso la sirena che gli si avvicinò accarezzandolo. L'impotenza che le tre donne provarono in quel momento fu straziante, sapevano di non poterlo salvare.

«Mia dolce Reina»

Qualche momento dopo, Evandrus con un accenno di sorriso spirò. Kanam stringeva al petto il corpo esanime del figlio che anche se non aveva portato in grembo, aveva avuto il privilegio di crescere ed amare. Reina non aveva la forza di parlare o di piangere, fissando il corpo martoriato di suo padre si costrinse a tirarsi su, Lilith drizzò la schiena con lo stesso dolore nel cuore.

«Troviamo Ella e andiamo alla grotta»

Si trasformò in lupa mentre una lacrima le rigava il viso. Reina diede un'ultima occhiata ad Evandrus sapendo di lasciarlo nelle mani amorevoli di sua madre, poi si lanciò fuori dalla porta. Lei e la lupa correvano lungo la strada scansando i corpi esanimi dei caduti e uccidendo le creature che cercavano di fermarle.

«Perché non abbiamo incontrato prima mia madre? Forse non ha fatto questa strada Lilith»

La lupa la guardò un solo istante per poi virò sulla destra e la ragazza capì «Certo, avrà preso il sentiero che porta alla scogliera» e in cuor suo Reina sperava che fosse la strada più sicura.

Arrivate a ridosso dell'argine del burrone che andava a picco sull'Oceano, un gruppo di demoni le attaccò; la rabbia che Reina provava annientava del tutto il dolore e la rendeva un'assassina perfetta come la sua compagna di battaglia. La sua spada fendeva e ruotava, mentre i suoi colpi si abbattevano contro gli avversari e nonostante perdesse sangue dalle numerose ferite che le avevano inflitto, continuava a correre tenendo il passo della lupa. Presto arrivarono ad una piccola radura dove videro Ella costretta in ginocchio, mentre un demone la strattonava per i capelli.

«Finalmente sorellina»

«Quella voce» Tutto il corpo della ragazza si bloccò come fosse stato congelato.

Lilith divenne umana «Lasciatela andare, non vi serve a nulla»

«Non ci servi neanche tu»

L'uomo che parlava si fece avanti e Reina smise di respirare. Jonhas, il suo amato fratello arruolatosi per salvaguardare il bene del loro popolo, brandiva ora una spada vicino al collo della madre;

Ella fissò sua figlia e la lupa divenuta donna, senza nascondere la sua paura.

«Bene, credo sia arrivato il momento delle presentazioni, Ella questa è la tua vera madre. Dire che è una cagna non è offensivo in questo caso»

Lilith si lanciò verso di lui urlando, ma subito venne atterrata da cinque demoni, un fiotto di sangue le uscì dalle labbra insieme all'aria dei polmoni che di sicuro le costole rotte avevano perforato.

«Non scaldarti troppo lupa tra poco morirete tutte e due, potrete riunirvi nell'aldilà» Il suo sorriso era crudele e adesso fissava Reina «Portatemela qui»

Diversi demoni si fecero avanti, alcuni avevano le corna, altri le squame e Reina ripensò agli insegnamenti di Syra, ai punti deboli di ogni demone. Trasse un profondo respiro sentendo dentro di sé una nuova consapevolezza, una forza si faceva strada in lei ed era oscura e spaventosa, concentrandosi su quella sensazione si lasciò andare al massacro. Riuscì ad abbattere una dozzina di esseri, grazie ad una potenza che non sapeva nemmeno di possedere, ma le creature sembravano sempre di più. *Un esercito*

Corse verso Lilith liberandola dalla stretta dei mostri e si misero spalla a spalla. Il bracciale al polso di Lilith, che assomigliava in modo incredibile a quello che Ella le aveva regalato, scintillò e una spada si materializzò nelle mani della donna. Il cervello di Reina lavorava velocemente per cercare un modo per uscire vive dallo scontro e salvare la madre.

«Sono troppi, da sole non ce la faremo Lilith!»

«Lo so, ma non ho intenzione di arrendermi. Siete la mia unica famiglia non morirete davanti ai miei occhi»

Abbattevano un demone dopo l'altro ma erano troppi perché loro due da sole potessero sconfiggerli.

«Lilith, come si sconfigge un esercito del male?»

Speranza e terrore si mescolarono nel cuore della lupa «Con uno celeste»

I demoni le attaccavano da più fronti e loro rispondevano ai colpi con attacchi combinati. Il loro modo di combattere era molto simile, come se non fosse la prima volta che si trovavano ad affrontare insieme i mostri infernali, ma sapevano di non poter reggere ancora per molto.

«Mi è stato insegnato che gli angeli sentono il male, perché allora non sono qui ad aiutarci?»

La voce della ragazza si era alzata per sovrastare i rumori della battaglia, Lilith non ci aveva pensato, era probabile che qualcuno stesse offuscato quello scempio. *Allora gli angeli non ci stanno abbandonando, è possibile che non sappiano dello scontro.*

«Nulla è più forte di un'invocazione d'aiuto. Mikael!»

Quando sentì urlare la lupa, il demone che le stava di fronte si bloccò di colpo guardando il cielo «Paura degli angeli bastardo?» Dopo avergli staccato la testa Lilith continuò ad urlare il nome dell'angelo «Mikael!»

«Lilith»

Quella voce «Dio del cielo ti ringrazio»

Spade di fuoco ardevano facendosi spazio tra la moltitudine di demoni. Reina riuscì ad aprirsi un varco intravedendo la madre, corse verso di lei continuando ad uccidere mostri e l'essere più spietato, quello che lei aveva un tempo adorato e chiamato fratello, ma che non aveva più il volto e il corpo del ragazzo a cui lei voleva bene, trafisse il corpo di Ella con la spada e poi sparì avvolto da una nuvola densa e nera. Le urla di Reina si unirono a quelle strazianti di Lilith che subito era arrivata accanto a lei, entrambe al capezzale di quella meravigliosa donna.

«Sei viva piccola mia» Ella accarezzò amorevolmente il viso della figlia, macchiato di sangue.

«Si, madre»

«Sei ferita, prendi la mia mano ti guarirò»

Reina scosse la testa non l'avrebbe privata della sua poca energia, Lilith chiamò un altro angelo, Rafael. Un magnifico uomo biondo dagli occhi viola si avvicinò ad Ella, le mise una mano sul cuore e una luce limpida e potente vi filtrò, fino a raggiungere la ferita della donna. Non accadde nulla. Reina si era rialzata a fatica e uccise i demoni che si erano avvicinati a loro, mentre Lilith reggeva sua figlia.

«Perché non funziona?»

«Non posso aiutarla, la spada era intrisa del sangue di Lucifero. E lei è troppo pura per contrastare il male»

L'angelo abbassò lo sguardo, impotente. La sua voce era cristallina ma lasciava trasparire il dolore che provava, Reina allora si voltò verso di lui.

«Che vuol dire? È immortale non può morire così; lei può guarire, deve guarire»

Lilith strinse la figlia tra le braccia, i sospetti che aveva avuto annusando l'odore di Evandrus dunque erano fondati «Si invece, con una ferita che trapassa il cuore, il sangue di Lucifero condanna a morte certa qualsiasi essere immortale che sia abbastanza puro da non resistere all'essenza demoniaca»

Le ginocchia di Reina cedettero davanti alla madre morente, alla fine non sarebbe riuscita a portarla in salvo, l'avrebbe persa come aveva fatto con il padre e le sorelle.

«Tu sei la mia amata Guardiana vero?» la voce di Ella quasi non si udiva.

«Si tesoro mio, sono Lilith»

Ella sorrise accarezzandole la guancia con le dita tremanti «Finalmente conosco il volto di mia madre. In cuor mio credo di averlo sempre saputo, soprattutto quando sono nate le mie bambine, ho avuto con loro lo stesso legame che sentivo con te»

«Non affaticarti piccola, ti prego»

«Evan e le gemelle?»

«Shhh. Tesoro stai tranquilla ci sono io con te. La mamma è qui con te»

Lilith continuò a cullare la figlia dolcemente, asciugandole le lacrime. E mentre l'angelo biondo più furioso di prima, tornò alla battaglia, un altro dallo sguardo di ghiaccio si accovacciò vicino a Lilith. Reina attraverso il velo del pianto vide i suoi occhi, meravigliosi e glaciali identici a quelli di sua madre.

«Mikael questa è... nostra figlia Ella»

Reina baciò la fronte della madre poi si alzò, lasciando loro lo spazio per dire addio al bene più prezioso della vita. Notò altri due angeli con le ali spiegate e le lame ardenti, prese una seconda spada che trovò tra i cadaveri putridi e si lanciò nella mischia. Se doveva morire avrebbe trascinato con sé più esseri infernali che poteva, e poi avrebbe raggiunto la sua famiglia.

Lo scontro era arduo e il numero dei demoni sembrava non diminuire. Reina fu colpita alla coscia e alla spalla, non sentiva il dolore per le ferite, ma solo lo squarcio nel cuore che si allargava sempre di più, si accorse che anche gli angeli erano feriti ma combattevano ancora. Un demone approfittando della sua distrazione riuscì ad atterrarla strappandole la spada di suo padre, stava per staccarle il braccio quando una lama di fuoco lo annientò.

Due occhi blu come il mare in tempesta la fissavano. *Un angelo.* Cercò di rialzarsi e aiutarlo mentre respingeva decine di demoni, ma riusciva a stento a reggersi in piedi. La brutalità con cui combatteva quell'angelo non aveva eguali, si muoveva sinuoso con la sua spada di fuoco quasi fossero un tutt'uno. Reina non aveva mai visto nulla del genere, era calmo e concentrato, mandava a segno ogni affondo straziando i corpi dei demoni. Mentre contemplava quel guerriero, un feroce grido la riportò alla realtà, l'angelo dagli occhi di ghiaccio, Mikael lo aveva chiamato la lupa, tagliava i demoni come fossero burro e strappava loro la testa con la mano libera; vicino a lui Lilith urlava e uccideva con la stessa angoscia.

Ella dunque era morta, tutta la sua famiglia non esisteva più. Non avrebbe più sentito le risate delle sue sorelle o i finti rimproveri della madre quando si comportava da maschiaccio, non avrebbe più percepito il calore dell'abbraccio di suo padre o il profumo della cena che la madre le preparava quando rientrava dalla corsa con i lupi. Reina uccise altri demoni in un ultimo impeto di rabbia e dolore lacerante, ma uno la colpì allo stomaco spingendola via con un calcio, rotolò fino al bordo del dirupo e vi rimase appesa perdendo anche l'ultima arma.

La spalla colpita non aveva la forza di reggerla, era appesa con una sola mano e sotto di lei ad un centinaio di metri l'Oceano sferzava con potenza la scogliera. Stava per scivolare quando qualcosa con forza le afferrò il polso.

«Sono qui ragazzina»

Il bellissimo e brutale angelo che prima l'aveva salvata ora la reggeva con una mano, mentre con l'altra cercava di non farsi ammazzare dagli esseri infernali, purtroppo non aveva molto spazio di manovra.

«Lasciami o ti uccideranno»

Lui accennò un sorriso fissando gli occhi verdi di lei «Sei

coraggiosa»

Accadde tutto in pochi istanti. Un demone del fuoco, gli lanciò contro una potente fiammata e per ripararsi l'angelo dovette spalancare le ali. Le creature vedendolo abbassare la guardia si lanciarono su di lui in massa.

«Lasciami cadere» Reina urlava tra le lacrime dibattendosi per sottrarsi alla presa dell'angelo, che era troppo salda per il suo corpo stanco.

Quei maledetti mostri gli strapparono una delle meravigliose ali e dal petto dell'angelo uscì un urlo terribile di sofferenza misto a rabbia. Era troppo, non avrebbe permesso che uccidessero anche lui, Reina chiuse gli occhi concentrandosi al massimo per radunare l'energia che le era rimasta e qualcosa dentro di lei esplose. Ripensò all'attimo in cui la Guardiana aveva evocato la sua spada, e il gioiello che portava al polso si illuminò come aveva fatto prima quello di Lilith.

Solo dopo alcuni attimi Reina si rese conto di stringere nel pugno l'elsa della spada che suo padre le aveva regalato, anche se la lama adesso era nera come la pece. *Non può essere.* L'aveva persa durante la battaglia, era finita in mezzo ai corpi dei demoni ne era sicura. Eppure quella spada anche se diversa, ora era in mano sua. Al diavolo, ci avrebbe pensato più avanti o forse mai più. Senza esitare spinse con il piede sulla scogliera, riuscì ad alzarsi quel tanto che bastava a raggiungere i demoni più vicini e ucciderli con un poderoso colpo di lama. Incredibilmente però la potenza del fendente fu così estesa, che investì anche le creature che erano più lontane. Il suo movimento creò una forte torsione al braccio e l'angelo dovette mollare la presa.

«No! No!»

«Grazie» Reina cadde giù sussurrando quell'unica parola, prima che le potenti onde la inghiottissero.

Erano morti centinaia di demoni, gli angeli erano vivi ma ridotti male, soprattutto Samael che aveva un'ala spezzata e l'altra non c'era più. Mentre Rafael curava i sopravvissuti nel villaggio, Mikael e Ariel setacciavano l'Oceano e le coste intorno, ma di Reina non c'era traccia. Tutti avevano il terrore che in un modo o nell'altro Lucifero fosse riuscito nel suo intento di catturarla. Gli angeli avevano ripulito il territorio dalla presenza dei demoni, il massacro aveva lasciato morte, distruzione e una ferita indelebile. Lilith raccolse il corpo di Ella, l'avrebbe sepolta alla collina, dove trovò Calime e Kanam ad aspettarla, avevano portato lì Evandrus e le gemelle e insieme resero omaggio ai loro cari ormai defunti.

«Come sta Syra?»

La giovane sirena le prese la mano per darle conforto «Lei si riprenderà»

Lilith con gli occhi spenti posizionò un'ultima pietra sulla tomba della sua adorata figlia, le sirene si allontanarono lanciando un'ultima occhiata alla lupa. Mikael era rimasto al suo fianco da quando aveva interrotto le ricerche della ragazzina, e quando furono soli, il silenzio sembrò urlare tutto il dolore che entrambi provavano.

«Perché non mi hai detto della sua esistenza?»

«Dovevo proteggerla»

«Da me?»

Furiosa Lilith iniziò a colpirlo al petto «Tutte le mie figlie sono state un dono prezioso per me. Ella a maggior ragione l'ho adorata, perché non la sentivo solo mia, lei era nostra. Lei mi ha resa migliore, e adesso senza di loro non mi resta più nulla»

Mikael la strinse tra le braccia bloccandola contro il suo petto, dandole modo di ascoltare il battito frenetico del suo cuore.

«L'hai protetta meglio che hai potuto, hai sacrificato la tua vita e la tua felicità per lei, quale amore è più grande?»

Lilith lo fissò con gli occhi pieni di lacrime per un istante che sembrò infinito «Addio Mikael»

L'angelo capì che avrebbe preferito stare da sola per sopportare il dolore e fu pervaso da una strana sensazione. Tristezza e angoscia gli avvolsero il cuore poiché ancora una volta avrebbe dovuto lasciarla andare. Le baciò la fronte stringendola ancora un momento e poi sparì per rifugiarsi nella propria sofferenza.

Arrivate alla grotta Calime e Lilith cercarono Syra che non era più nel giaciglio dove l'aveva lasciata la sirena, ma la trovarono nella zona più interna accovacciata vicino ad un corpo.

«Reina!» Urlarono entrambe il nome della giovane correndo verso di loro.

«È viva ma sta molto male, Haifa è arrivata in tempo per strapparla alla potenza dell'Oceano, ma non siamo sicure che ce la farà è troppo malridotta e il suo corpo non è ancora del tutto pronto all'immortalità»

Rimasero nella grotta per diversi giorni e Reina non migliorava «Che possiamo fare?»

Anche se Syra aveva ripreso le forze non sarebbe stata in grado di curarla «Potremo chiamare l'angelo Rafael»

«No, quella sarebbe l'ultima opzione nessuno dovrà sapere che lei è sopravvissuta»

Le sirene si riunirono intorno alla ragazza priva di sensi «Possiamo tentare di passarle parte della nostra energia vitale soprattutto la tua Lilith, lei è una tua discendente e le vostre aure sono compatibili molto più delle nostre»

«Facciamo presto allora»

Dopo aver dato tutte il loro consenso, formarono un cerchio intorno a Reina, si presero per mano tenendo tra di esse un pezzo della pietra cobalto staccata dall'altare sirenico.

Kanam le fissò con fermezza «Qualunque cosa accada non spezzate il cerchio. Non è solo il suo corpo che sta combattendo per la vita, sospetto che lei abbia attinto ai suoi poteri oscuri o a parte di essi»

«Quindi non sappiamo se tornerà la nostra Reina o se prevarrà il suo lato oscuro?» Syra espresse il dubbio che avevano tutte.

«Proverà dolore, ma dovrete resistere e non toccarla o potrebbe morire»

«Siamo pronte»

Le sirene iniziarono a recitare frasi nella loro antica lingua, le pietre che stringevano tra le mani emanavano un'intensa luce blu che si concentrava sul corpo inerme della ragazza. Reina iniziò a gemere piano, poi si contorse, le sue ossa si ricomponevano con rumori che facevano accapponare la pelle. Calime chiuse gli occhi e il suo viso si rigò di lacrime, mentre il corpo di Reina si inarcava in modo innaturale. Le donne sentivano la loro linfa vitale abbandonarle, per passare in quello della giovane.

«Fa male! Basta vi prego»

L'implorazione arrivò al loro cuore, ma nessuna spezzò il cerchio, dovevano continuare anche se Syra e Calime tremavano, e le sirene non erano più stabili come prima, solo Lilith aveva ancora la forza necessaria per continuare a far fluire energia in quel che restava della sua famiglia. Le pietre di colpo si frantumarono e Reina aprì gli occhi, erano interamente inghiottiti dal nero, e lasciavano trasparire dolore, morte, rabbia e oscurità. Una spada si materializzò come se Reina l'avesse sempre tenuta in mano.

«Calmati tesoro siamo noi»

«Mamma? Papà?»

Syra cercava di tranquillizzarla «Piccola ti prego calmati, loro non sono qui»

«Devo uccidere i demoni, Jonhas è diventato uno di loro»

Iniziò ad assestare fendenti in tutte le direzioni colpendo la strega a sangue e Lilith fu costretta a tramortirla.

«È ancora lei, ma è sotto shock»

«Pensa di essere ancora sul campo di battaglia»

La sirena bionda si rialzò barcollando «È pericolosa in questo stato»

«Il trauma è stato troppo grande, non riuscirà a superarlo da sola dovremo inibire la sua memoria cancellando il ricordo di quella brutalità»

Lilith e Calime si occuparono delle ferite di Syra, mentre le sirene poggiarono le mani sulla fronte di Reina per indebolire la sua mente e sigillare i ricordi dolorosi di quella infinita battaglia e della cruenta morte dei suoi cari.

La giovane guerriera si arrese alla loro energia cedendo all'incoscienza le barriere della sua mente.

7

Reina, giorni nostri.

Vivere per centinaia di anni insieme a Lilith non era stato semplice, ma era l'unica parente che a Reina era rimasta, e per quanto la lupa potesse essere irascibile e volubile d'umore, loro due si adoravano. Si somigliavano molto nell'atteggiamento e nel carattere e nel modo di combattere. Anche se Reina non avendo la capacità di trasformarsi in lupo provava un'intima invidia verso Lilith, aveva sempre pensato che vivere senza doveri o privilegi tra campi e foreste, ascoltando solo l'istinto e la forza primordiale, l'avrebbe fatta sentire libera e viva.

Dopo aver perso la sua famiglia ed essersi lei stessa salvata a stento, Lilith l'aveva portata con sé e l'aveva addestrata. Il suo scopo nella vita era diventato quello di rintracciare e distruggere le creature infernali, era un'assassina spietata, con la rarissima capacità di riuscire a percepire la loro infima presenza anche a distanza elevata. Nei modi della lupa di accudirla, non c'era stata gentilezza o sopportazione, era stata un mentore crudele e spietata proprio come i nemici che avrebbero dovuto affrontare, l'aveva temprata nel carattere e nell'anima forgiandola come una letale guerriera. Ad aiutarle nella battaglia c'era un essere magico molto potente che Reina non aveva mai conosciuto, egli interagiva solo con Lilith. Il Mistico rintracciava la fonte del male in vari punti del pianeta e poi mandava mercenari come lei e la lupa a sistemare il casino che i demoni creavano, come quello a cui stava per fare fronte.

Erano giorni infatti, che sulle coste di un piccolo lago a sud della regione di Alberta in Canada, aleggiava una forza avversa. Le coltivazioni marcivano e la gente sembrava come contaminata da qualcosa, purtroppo gli scienziati non erano ancora riusciti ad isolare l'agente patogeno, obbligando le autorità a mantenere uno stato di quarantena per un raggio di cento chilometri dal lago. Reina sapeva che tutto era dovuto all'essenza di qualche demone, così quella sera dopo aver attraversato il portale che il Mistico aveva aperto per farla viaggiare, giunse in prossimità delle barriere erette dai militari. Doveva agire il più velocemente possibile, perché già i media stavano divulgando fin troppe notizie sullo stato in cui era ridotto il territorio e questo poteva scatenare il panico di massa.

Tra alberi e cespugli decomposti nessuno si sarebbe sognato di avventurarsi per quei sentieri, dunque non c'era pericolo che qualcuno la scoprisse, ma quell'odore nauseabondo davvero la sfiniva. La puzza di marcio le arrivava alle narici, tutto sembrava come spento e putrefatto, anche la pioggia che sferzava senza sosta quei territori sembrava tossica. La ragazza salì in cima al pino più alto e il suo cuore fu attraversato da una fitta di dolore nel pensare a come era ridotto quel paesaggio. In ogni albero, in ogni roccia, in ogni animale o goccia d'acqua era racchiusa la storia di culture e di popoli che un tempo avevano vissuto in quei luoghi e che vi avevano lasciato il proprio spirito per proteggere e preservare quel paradiso terrestre.

Reina chiuse gli occhi per concentrarsi lasciando vagare i suoi sensi e di lì a poco riuscì a percepire il punto esatto da cui l'energia malevola arrivava. Sotto la pioggia battente seguì con passo silenzioso la direzione che il suo istinto le indicava, le bastarono pochi secondi per capire che quella creatura era più forte e mostruosa delle altre della sua razza che fino ad allora aveva incontrato, ecco perché i danni erano stati così ingenti. L'essere le dava le spalle mentre squartava un puma e ne mangiava le interiora. Non doveva avvicinarlo tanto da toccare la sua pelle, l'ustione velenosa le sarebbe costata cara; ma non riusciva più a sopportare i grugniti e i mugugni del mostro che strappava la carne e la ingoiava, così materializzò la spada nella sua mano. *Leviamoci il pensiero.*

«Vorrei tanto sapere, perché voi demoni dovete sempre essere così viscidi? Non vi basta essere già orrendi?»

Quando il demone si voltò verso di lei era ancora più ripugnante di quanto avesse immaginato, ricoperto di fango, sangue e di una qualche altra sostanza appiccicosa. Il mostro drizzò gli aculei sulle braccia e sulle spalle e si lanciò in avanti cercando di colpirla. Nonostante la sua mole, era velocissimo,

Reina si preparò a scattare a destra, un salto per toccare il blocco di roccia incastrato nel terreno e la potenza della spinta la fece arrivare a pochi centimetri dalla creatura, bastò un colpo secco della sua lama e lo scontro finì. Mentre si incamminava per tornare verso il punto in cui il portale era stato aperto, l'erba inizio a ricrescere segno che la natura aveva gradito il suo gesto. La pioggia smise di cadere e una brezza calda le sfiorò la pelle, il suo sguardo fu attirato verso un punto preciso della scogliera, lì dove due figure indistinte le fecero un leggero cenno. Era il modo in cui gli antichi spiriti del luogo le dimostravano il loro favore.

Rientrò a casa ricoperta dalla sostanza melmosa del demone, quando lo aveva colpito le era schizzata addosso e non era riuscita ad eliminarla del tutto. Trovò Lilith sdraiata sulla chaise longue rossa del soggiorno con una birra italiana in mano, intenta a mangiare una fetta di pizza strapiena di condimenti.

«Beh direi che sei un ottimo esempio per la tua discendenza»

Reina prese una soda dal frigo e si diresse verso il divano ma prima che potesse sedersi Lilith le tirò addosso una scarpa «Ehi!»

«Va a farti una doccia, puzzi come una fogna»

«Maledetti demoni, dovrò bruciare anche stavolta i vestiti»

«Beh, considerando il mio olfatto di lupo, magari prova a farti uno scrub all'acido»

«Oh, che divertente»

Reina trangugiò velocemente la bibita e andò in bagno a

lavarsi; quando ritornò in soggiorno, con indosso un top verde chiaro e dei pantaloncini bianchi, si accorse subito che nell'atteggiamento di Lilith c'era qualcosa che non andava.

«Che succede?»

La lupa la fissò, poi sospirando iniziò a parlare «Tanto vale dirtelo. Il Mistico dice che in pochi mesi sono sparite troppe ragazze e pensa che non si tratti di semplice criminalità»

Sarebbe dovuta essere competenza delle autorità umane, ma se l'essere che le guidava si era rivolto a loro c'era qualcosa di più grande sotto. Addentò una fetta di pizza ormai fredda.

«Qualche nesso con il nostro mondo?»

«So solo che sono giovani donne dai capelli scuri e che probabilmente avevano origini magiche»

«Un po' poco. Chiedigli più informazioni»

Lily si girò con uno sguardo corrucciato «Non posso. Sai perfettamente che è il Mistico che contatta me»

Sbuffando Reina si lasciò andare a delle supposizioni «Forse qualcuno si è messo in testa di essere il nuovo anticristo e sceglie le ragazze per dei sacrifici? Proviamo a fare dei giri di ronda e vediamo se scopriamo di più»

Infondo entrambe avevano i capelli scuri, agli occhi dei mortali sarebbero passate per normali umane e se questa storia avesse avuto risvolti occulti si sarebbero liberate del problema comunque.

«Giochiamo a: L'esca è anche il carnefice?»

«Ci sto! Cerchiamo di dare un senso ai dubbi del Mistico»

Qualche ora dopo, girando per le strade di Balarm, si avvertiva l'aria frizzante e vitale delle molte etnie che la popolavano. Culture, storia e superstizioni si mescolavano dando vita a miti e leggende, e benché questo rappresentasse solo un ritrovato del sapere occulto dei mortali, faceva loro comodo che le varie credenze fossero diffuse in modo da celare tutto ciò che faceva parte del mondo paranormale. Si erano imbattute spesso in serial killer che praticavano riti esoterici, o in sette che eseguivano sacrifici in nome di questo e quel demone. Per i primi giorni di ricerca non avevano trovato niente di anomalo, tuttavia continuarono comunque le ronde pensando che anche stavolta si trattasse di qualche pazzo sociopatico da neutralizzare.

Sul cellulare di Reina arrivò un messaggio dalla lupa "Sono a quota due."

«Maledizione, ho scelto il lato sbagliato della città»

Proprio mentre pronunciava quelle parole, un brivido le attraversò la schiena. *Demoni.* Seguendo l'istinto si diresse verso i vicoli a sinistra, un odore acre le colpì le narici, erano molto vicini.

«Scappa Aaron corri» Le urla di terrore di una donna riempivano l'aria intorno a lei.

«Mamma»

«Vai, ti prego corri!»

Reina si trovò di fronte un bambino che probabilmente non aveva neanche tre anni, era terrorizzato, i lineamenti spigolosi e la morbida forma degli occhi ricordavano vagamente un elfo, ma di sicuro era mezzo umano. Il piccolo si fermò a guardarla mentre lei gli faceva cenno di stare in silenzio poiché qualcuno si avvicinava a grandi passi, e visto la pesantezza con cui si muoveva, di sicuro era anche grosso.

«Dove sei piccolo bastardo?»

Reina prese il bambino in braccio e si piazzò al centro della strada «Chiudi gli occhi»

Il piccolo ubbidì subito, stringendole le braccine esili intorno al collo mentre il demone girava l'angolo, e vedendola sorrise.

«Due al prezzo di uno»

Sfoderò due pugnali dentati e si gettò su di loro, Reina materializzò la spada e si girò sul fianco per proteggere il bimbo, ruotò a destra e con grandi falcate raggiunse dei bidoni della spazzatura che usò come trampolino e grazie alla spinta delle sue gambe si ritrovò di fronte al mostro, questo cercò di centrarla al torace con il gomito ma non ci riuscì, e con un unico movimento del polso di Reina, la testa del demone rotolò giù. Tenendo stretto il bambino ancora in braccio che singhiozzava, si avviò lungo la strada buia. Svoltando l'angolo vide una donna dai capelli neri arruffati, come se qualcuno glieli avesse tirati per trascinarla, era piena di lividi e aveva la camicia strappata. Stava accovacciata vicino ad un umano agonizzante ma i suoi occhi atterriti erano fissi su colui che toccava il suo compagno, gli stava facendo bere qualcosa che sembrava sangue, mentre la donna farfugliava.

«Siamo passati davanti al locale, erano... erano là fuori e ci hanno seguiti. Oh, ti prego salvalo io devo correre da mio figlio»

Sul lato opposto del vicolo c'erano i corpi di due demoni fatti a pezzi. Lentamente e con gelida calma Reina si avvicinò a loro consapevole che quell'essere era potente, percepiva la sua essenza come un fluido caldo e morbido; non era energia maligna, ma non ne riconosceva la natura. Cautamente gli avvicinò la spada alla gola.

«Allontanati da lui»

«Il mio bambino»

La donna sgranò gli occhi perché non si era accorta della sua presenza, ma l'uomo si, e mentre l'umano tossiva dando segno di vita l'essere si rialzò. Era più alto di lei e Reina dovette stendere il braccio per mantenere salda la posizione della spada.

«Metti giù l'arma»

La sua voce era bassa e profonda, un misto di calma e sicurezza, Reina non aveva mai udito nulla di simile. *O forse si?*

La donna si avvicinò a lei in modo agitato «Quest'uomo ci ha aiutati e tu hai salvato mio figlio» Appena il piccolo toccò coi piedi per terra corse dalla madre «Non potrò mai ringraziarvi»

L'umano riuscì a mettersi a sedere con la schiena contro il muro e la donna si avvicinò a lui senza lasciare andare il bambino, era una scena toccante. Reina ricordava appena i momenti in cui i genitori l'avevano tenuta stretta.

Un istante dopo un'immagine prese forma nella sua mente, vide il padre a terra moribondo «Mia dolce Reina»

Senza rendersene conto fece sparire la sua spada e il piccolo Aaron le sorrise «Belli i tuoi occhi»

Lei si voltò per schermare lo smeraldo che era comparso dal nero delle sue pupille e incontrò il viso magnifico di colui che li aveva aiutati. Era serio, gli occhi profondamente blu, ed emanava un fascino letale. Potenza, desiderio e seduzione. Continuava a fissarla in silenzio e il cuore di Reina iniziò a battere forte. Quel suo sguardo l'aveva intrappolata cancellando tutto ciò che era intorno a loro, era come un richiamo per la sua anima e Reina ebbe la strana sensazione di averlo già visto. L'uomo fece un passo avanti protendendo una mano verso di lei, come se inconsapevolmente volesse toccarla e il blu dei suoi occhi cominciò a vorticare. *Sto diventando pazza.*

«Chi sei donna?»

Reina tornò in sé di colpo, si voltò e corse via più veloce che poteva senza badare alla probabile presenza di umani. Non capiva cosa le fosse successo, aveva abbassato la guardia, si era disarmata di fronte ad un potente essere sconosciuto e poi come un'adolescente ne aveva ammirando la bellezza. Salì sulla sua Maserati blu notte, che aveva parcheggiato a pochi isolati di distanza, diede gas e si ritrovò presto fuori dal traffico cittadino. Arrivata a casa spalancò la porta del bagno e si infilò sotto il getto dell'acqua fredda senza nemmeno spogliarsi, per fortuna Lilith non era lì a vedere quanto fosse turbata. Non riusciva a scrollarsi quella sensazione familiare di dosso.

«Quegli occhi»

Era come se l'avesse marchiata a fuoco. Qualcosa di estraneo e incomprensibile le bruciava nel petto, lasciandola inquieta e arrabbiata. L'immagine di suo padre morente e mutilato le si era ficcata in testa e non riusciva a scacciarla. Razionalmente pensava di essersi immedesimata nel ruolo del piccolo Aaron che aveva visto il padre mezzo morto nel vicolo, era questione di logica si disse, ma non era una risposta poi così chiara. Non riusciva a credere che la sua immaginazione avesse dato vita ad una scena così minuziosamente dettagliata, tanto da ricordarne l'odore del sangue e di corpi bruciati.

Solo dopo qualche ora, riacquistato parte del suo autocontrollo scese in cucina, trovandovi una Lilith parecchio irritata.

«Come è andata la ronda?»

«Ne ho uccisi alcuni»

«Allora mi sa che nessuna delle due ha vinto il gioco»

Anche la lupa era preoccupata da qualcosa, ma evidentemente nessuna delle due era pronta a condividere ciò che aveva dentro.

Le notti a seguire per Reina non furono tranquille. In passato nei suoi sogni vedeva battaglie e demoni di ogni tipo, le visioni finivano tutti con la sua rovinosa caduta da una scogliera. Alcune volte si era ritrovava in un posto buio e l'unica compagnia che poteva avere era la voce di un uomo, dolce e premuroso, che le infondeva calore e la faceva ridere, ma non era mai riuscita a vedere il suo viso. Ogni volta che lui le aveva chiesto di avvicinarsi lei si era sempre tirata indietro, svegliandosi di colpo, era come se il suo subconscio la proteggesse da qualcosa.

L'incubo di quella notte però era diverso, più sinistro ed intenso. Reina vedeva sempre tratti di una feroce battaglia e il potente demone del fuoco che cercava di incenerirla, fino alla sua caduta dalla rupe. La sensazione di vuoto che la inghiottì stavolta era molto più forte, così si ritrovò nelle tenebre dove quella voce che riusciva ad accarezzarle i sensi tornò a parlarle.

«Eccoti»

«Perché finisco sempre qui?»

«È la tua natura che ti porta da me»

La voce le parlava con un tono differente, aveva sempre avuto una cadenza sensuale che l'attraeva, ma lei vi notò qualcos'altro, era come se vi percepisse una certa urgenza.

«Dobbiamo incontrarci Reina non c'è più tempo. Non devi avere paura di me, noi due siamo simili»

«Stammi lontano. Non so chi sei, ma di sicuro non siamo simili»

Come al solito l'istinto della donna la spingeva a ritrarsi, una risata agghiacciante riempì il vuoto intorno a lei e due occhi gialli spuntarono dal buio.

«Guardami sciocca donna! Unisciti a me adesso!»

Il suo tono divenne imperioso, la testa di Reina scattò verso il lato opposto alla voce «No!»

Appena pronunciò quella parola, due occhi blu profondi furono di fronte ai suoi, l'uomo incontrato nel vicolo era lì e la stava aiutando.

Si svegliò di soprassalto, era madida di sudore, nelle sue vene scorreva ancora l'adrenalina e una paura sconosciuta. Non riuscendo a riprendere sonno si appoggiò alla panca accanto alla finestra, tutte quelle sensazioni insieme la confondevano, e c'erano fin troppe domande senza risposta che le ronzavano in testa. L'unica cosa che dava per certo è che quegli occhi gialli appartenevano ad un essere molto potente e malvagio, ma quello con gli occhi blu lo aveva cacciato. Chi era quell'uomo? E chi era l'essere che la tormentava nel sonno?

Decisa a parlare con Lilith di tutti i suoi dubbi andò in camera sua, bussando due volte.

«Lily posso entrare?»

Nessuna risposta, allora aprì la porta ma lei non c'era. Non la vide per tutto il giorno e al telefono non rispondeva. *Che diavolo stai combinando stupida lupa?* L'ansia le serrava le viscere le cattive sensazioni della notte non erano ancora passate, doveva uscire di casa e distrarsi prima che il cervello le andasse in fumo.

Scese in garage e salì sulla sua auto, in fondo l'aveva comprata perché era perfetta per scaricare i nervi in assenza di combattimenti, così uscì a tutta velocità dal vialetto e sfrecciò sulla statale diretta verso la città. Era così arrabbiata che non si fermava nemmeno ai semafori, ma poi un gruppo di adolescenti mezzi ubriachi inaspettatamente attraversò la strada e Reina frenò in modo troppo brusco. Osservava i loro visi spensierati e pieni di vita come se non si fossero accorti dell'auto che avrebbe potuto travolgerli. Si era sempre detta che le sue origini e le sue capacità la rendevano speciale, essere nata immortale ha moltissimi vantaggi, ma c'erano quei momenti in cui desiderava qualcosa di normale, perfino banale. La normalità dei mortali, la loro breve e fragile esistenza.

In quel momento un brivido le corse su per la schiena segnalandole la presenza di demoni. Li percepiva a qualche isolato di distanza, trovò un parcheggio vicino ad un pub e con manovra esperta vi collocò la Maserati e poi scese dirigendosi verso il piccolo stadio da baseball. Il campo di diamante era completamente al buio dopo la partita, si assicurò che gli umani fossero tutti usciti. Salì sulle tribune vuote percependo diverse energie che si scontravano, c'erano tre demoni che lottavano contro un uomo e questo brandiva una spada di fuoco.

Reina capì subito che era l'essere che aveva incontrato nel vicolo. Rimase incantata dai suoi movimenti, il suo corpo era un'estasi per gli occhi. *Diamine ma che ho nel cervello?* La lama di fuoco tagliò in due uno dei mostri, mentre l'uomo si concentrava sugli altri, evidentemente velenosi da come li teneva a distanza; un altro demone si sollevò da un buco nel terreno, era enorme con lunghi arti e stava per colpirlo. La mente di Reina fece velocemente i calcoli, lui non sarebbe stato in grado di evitarli tutti, uno lo avrebbe ferito di sicuro, non finì nemmeno di pensarci che si ritrovò con la spada in mano a lanciarsi verso il mostro che usciva dal suolo.

Il primo fendente gli amputò un braccio e con il secondo lo decapitò, la testa del mostro rotolò vicino agli altri e l'uomo la guardò per pochi istanti. *Era un sorriso quello?*

Lui, staccò la testa di uno dei demoni velenosi mentre l'altro cercava di fuggire, Reina con un balzo riuscì ad atterrarlo colpendogli la schiena, infine la lama di fuoco dell'uomo lo tagliò in due. Quell'arma era magnifica, potente e lui la maneggiava con naturalezza come se fosse un'estensione del suo corpo.

«Mai vista una spada di fuoco?»

Lei sollevò lo sguardo e la lama ardente sparì. Cielo era ancora più bello di come lo ricordava, i capelli scuri scompigliati dalla lotta, quegli occhi accesi e il suo sorriso spavaldo. *È divino!*

«Grazie per l'aiuto»

Lei scrollò le spalle e si incamminò verso l'uscita del campo «Di nulla»

«Aspetta Reina!»

Quel maschio le fu subito davanti e Reina ebbe un tuffo al cuore. Come conosceva il suo nome? Aveva fatto delle ricerche? Sapeva di lei e Lilith? L'incubo della notte precedente tornò a tormentarla.

E se fosse lui il mostro e non il salvatore? Non appena quel dubbio si fu insinuato nella sua mente, Reina lo colpì allo sterno con la mano aperta, facendolo indietreggiare di qualche metro. Lo sguardo dell'altro era scioccato, evidentemente non si aspettava di essere colpito, ma Reina non sembrava intenzionata a fermarsi e continuò ad attaccarlo.

«Come conosci il mio nome?»

Pur essendo molto veloce e forte, lui si limitava a schivare i suoi attacchi senza passare all'offensiva, ma Reina era arrabbiata, confusa, frustrata e in quel momento l'essere che aveva di fronte era la sua unica valvola di sfogo.

«Io sono Sam»

«Non voglio fare amicizia. Rispondimi»

Reina ruotò le gambe per assestargli un calcio alla schiena lo colpì in pieno e poi non lo vide più, era semplicemente sparito. All'improvviso percepì la sua energia potente e salda, dietro di lei. La donna aveva già materializzato la spada puntandogliela all'addome con un movimento veloce del braccio, ma nello stesso tempo vide la lama ardente accanto alla sua gola. Erano immobili entrambi, a pochi centimetri dalle rispettive lame e dai loro stessi corpi che sembravano scalpitare per la strana tensione che si era creata tra loro. Mai uno scontro aveva suscitato in Reina delle sensazioni così incomprensibili ed eccitanti al tempo stesso. Lei si girò per guardarlo in volto abbassando lentamente la spada mentre quella dell'essere svaniva.

«Tu mi conosci già anche se non lo ricordi»

La sua mascella ebbe un guizzo, stava di sicuro serrando i denti.

In silenzio Reina lo osservò a lungo, dentro di sé qualcosa le diceva che quelle parole erano vere, una sensazione a lei estranea.

«Mi stai fissando» le disse con una brillante luce negli occhi.

«Anche tu»

Le labbra perfette di lui si incresparono in un debole sorriso. Una lieve brezza soffiò spargendo nell'aria il profumo di Sam e gli occhi di Reina si accesero di smeraldo senza che potesse controllarli. Avvertì una nota esotica come di cocco nell'aria, mista all'amaro del cioccolato intenso e profondo da farle venire l'acquolina in bocca. *Sente anche lui il mio profumo?* Assaporò il suo odore inspirando a pieni polmoni, sentendo le proprie palpebre chiudersi involontariamente, e quando le sollevò di nuovo si perse negli occhi di Sam che erano di un blu quasi elettrico. Aveva le narici dilatate e quelle labbra... Reina scosse la testa per riprendersi. *Si lo sente anche lui.*

Un bip del suo telefono segnò l'arrivo di un sms da Lilith "Sono a casa, vieni subito"

"Era ora finalmente. Dove diavolo sei stata?"

"Ci sono novità"

"Arrivo"

Riprese a camminare facendo il giro intorno a Sam senza neanche guardarlo e stavolta lui non la fermò. Sembrava molto più concentrato su se stesso e su come mantenere il controllo del proprio corpo. Reina montò in macchina e uscendo dalle strade cittadine ad altissima velocità si diresse verso casa, era impaziente di sapere cosa aveva scoperto Lilith e soprattutto di prenderla a pugni per averla fatta preoccupare.

8

Reina parcheggiò in garage, espandendo la sua energia intorno per controllare il perimetro della proprietà, scongiurando il rischio di essere stata seguita da qualche demone dall'istinto suicida. Quando entrò in casa trovò Lilith vicino alla porta, impaziente Reina le mollò un pugno al braccio e l'altra rispose con un colpo all'addome con il dorso della mano.

«Mi hai fatta preoccupare»

«Beh avevo i miei motivi»

«E non hai avuto due secondi per uno stupido sms?»

«Stanno cercando le mie discendenti ovunque»

Reina si bloccò appena prima di colpirla di nuovo «Come lo sai?»

«Ho parlato con il Mistico e con altri esseri, le sparizioni non sono circoscritte a questa città ma si sono verificate in molti dei posti in cui abbiamo vissuto»

«Mi hai sempre detto che le tue discendenti erano tutte mortali a parte mia madre»

Lilith si massaggiava le tempie «Tu sei l'altra eccezione, cercano te»

Reina sembrava confusa «Perché?»

«Perché sei potente, perché sei sopravvissuta al massacro degli

Elfi e per vendetta»

«In tutto questo tempo non mi hanno mai cercata, abbiamo fatto pensare a tutti che io fossi morta in quel dannato incendio»

La lupa abbassò lo sguardo «Probabilmente qualche demone o un servo ti ha vista combattere e sarà corso a spifferare tutto alle alte gerarchie infernali, non puoi tenere un profilo basso se combatti da secoli»

Nella stanza calò un silenzio carico di tensione. La consapevolezza di essere l'unica causa della condanna di tante donne fu per Reina devastante al punto che dovette sedersi sul pavimento, temendo che le gambe non la reggessero.

«Dunque quelle ragazze sono morte colpa mia?»

«Non è colpa tua ma dei demoni» Lilith le scostò i capelli dal viso «Stanno cercando e uccidendo qualsiasi donna discenda dalle mie consanguinee, tutto per farti uscire allo scoperto»

«Se cercano me allora mi farò trovare, non lascerò che uccidano ancora e nessuno rimarrà impunito» Reina ingoiò il magone che le aveva stretto la gola si tirò su.

«È pericoloso, non sono i soliti demoni che abbiamo affrontato fino ad ora, sanno prendere precauzioni per non farsi scoprire. Che vorresti fare? Andare in giro con una freccia luminosa che dice "Ehi stronzi sono qui?" O mettere un annuncio completo con tanto di segnalino su Google maps?»

Quelle parole racchiudevano la profonda frustrazione di Lilith poiché non era da lei tutta quella prudenza, di sicuro c'era altro in ballo.

«Diverse sere fa dei demoni hanno attaccato una donna, lei diceva di essere passata davanti ad un locale e aver notato degli strani tizi che poi l'avevano seguita. Potrebbero averla attaccata scambiandola per una tua consanguinea, in effetti secondo me aveva qualche tratto che lasciava intendere una certa parentela con gli Elfi o le Ninfe ma nulla di più»

«Non hai percepito un potere in lei? Magari una minima traccia?» Reina scosse la testa «Va bene allora vedremo di scovare quei bastardi. Faremo delle ronde per adescarli quindi vestiti in modalità rimorchio così sarà più facile che ci caschino»

«Massacriamoli Lilith»

«Mi piace!»

Purtroppo per i loro piani, in tutta la settimana nessun demone aveva infestato i locali in cui erano andate, tanto che iniziarono a pensare che l'attacco a quella donna fosse stato occasionale. Infondo non erano sicure che ci fosse un collegamento tra quell'aggressione e la presunta ricerca di Reina, ma valeva comunque la pena tentare ancora.

Quel venerdì sera Lilith indossava un vestito di pelle rossa come i suoi occhi, sandali neri legati al polpaccio con tacchi a spillo vertiginosi, i capelli raccolti in una coda alta e il fascino selvaggio che la distingueva. Reina aveva scelto una minigonna di pelle nera, come gli stivali a ginocchio e un top dalla scollatura profonda blu acceso, quel colore ormai era diventato il suo preferito, e chissà il perché? Lasciò che la cascata di capelli neri le ricadesse sulla schiena in modo sensuale.

Parcheggiarono l'auto ad una certa distanza dall'ingresso del locale e si avviarono verso il cordone rosso che bloccava l'accesso a chiunque non fosse in lista, gli energumeni all'entrata le fecero passare subito.

Il posto era molto affollato, una calca indistinta di corpi si muoveva a ritmo di musica, l'odore del locale investì Reina in pieno, annusava un misto di alcool, sudore, droga, fumo e sesso. Lilith si diresse verso il bancone ordinando un drink e accavallando le lunghissime gambe in un modo così erotico, che molti dei maschi che avevano assistito alla scena per poco non vennero nei pantaloni.

Reina iniziò a muoversi e ancheggiare seguendo il ritmo che il Dj pompava. Finì al centro pista dove gli uomini la guardavano con aria lasciva, era carnalità allo stato puro. Tenendo sempre al massimo la concentrazione su tutto ciò che la circondava riconobbe l'energia degli umani e degli immortali presenti, nessuna traccia di demoni per il momento. Due ninfe ballavano con un bel ragazzo pieno di tatuaggi che presto sarebbe diventato il loro schiavo, un vampiro soggiogava una donna che sembrava vestita solo con un babydoll di pizzo rosa come i suoi capelli, un gruppetto di giovani immortali ballavano sui tavoli del loro privé, nulla di particolare.

«Ehi bella vieni qui, sono sicuro che hai voglia di divertirti»

Un uomo poco più alto di lei con i capelli rossicci cercò di afferrarla, era troppo su di giri per via delle anfetamine che aveva assunto, visto le pupille dilatate e l'odore acre che emanava. Reina stava per spezzargli le dita quando si sentì tirata indietro in modo protettivo da un braccio forte che le circondò la vita. Stranamente non ebbe l'impulso di scrollarselo via.

«Sparisci! Lei sta con me»

L'umano sbarrò gli occhi in preda al panico e si spostò nell'angolo più lontano della pista. Dall'espressione del rosso, Reina poteva solo immaginare lo sguardo minaccioso di colui che la stringeva, verso il poveretto. Sam era dietro di lei, anche se non lo aveva visto arrivare, aveva percepito la sua presenza come un fuoco che arde sotto pelle.

«Non mi ringrazi di averti salvata da un maniaco?» Le parlava con voce volutamente sensuale all'orecchio, provocandole leggeri brividi.

«Magari mi piaceva»

Ovviamente era una menzogna non le erano mai piaciuti i mortali, drogati o meno. A dir la verità non le era mai piaciuto nessun essere, uomo o donna che fosse, almeno non al punto di coinvolgersi con qualcuno.

Sam l'aveva esaminata in ogni minimo particolare, gli abiti che portava addosso erano troppo succinti e non bastavano a coprire la bellezza del suo corpo.

«Perché ti sei vestita così? Anche se vestita non è il termine giusto»

«Per ballare» Reina lo guardò con la coda dell'occhio. *Perché mai era così accigliato?*

«Allora balliamo»

Sam iniziò a muoversi ondeggiando il corpo a ritmo di musica, stringendola ancora di più dandole modo di aderire al suo petto. Le sfiorò di proposito il lobo dell'orecchio con le labbra provocandole una scossa di piacere, poi con le dita risalì tutto il braccio di Reina fino alla spalla e inspirò profondamente dalla pelle sensibile del suo delicato collo e dei suoi capelli.

«Profumi di pesca»

Reina rise. Un suono cristallino e femminile che lo catturò fino all'anima, con un movimento fluido del braccio la fece voltare incontrando i suoi occhi schermati di nero e pagliuzzati di smeraldo, era meravigliosa. Le mani di Reina si fermarono sul suo petto, erano piccole ed eleganti, ma sembravano ustionarlo. Sam avrebbe voluto che lo toccasse di più, desiderava baciarla e gustare il suo sapore. Si stava già avvicinando alle sue labbra probabilmente per farle quello e molto altro ancora, ma quel momento fu interrotto dall'arrivo di un'ondata d'energia oscura.

«Sono arrivati»

Anche lui li aveva percepiti, irritato strinse i denti imponendosi di allontanarsi dalla ragazza. Reina cercò con lo sguardo Lilith che era ancora seduta sullo sgabello accanto al bancone, parlava con un uomo bellissimo dagli occhi d'ambra e anche se era seduto si capiva che era imponente, ma la cosa curiosa era che l'energia che proveniva da lui era simile a quella di Sam.

Lilith le fece cenno di aver capito che era il momento, proprio mentre tre demoni facevano il loro ingresso nel locale, i due che stavano un passo indietro non erano così forti e dubitava anche che fossero all'altezza dell'anziano che li precedeva. Reina camminò a grandi passi verso quello che sapeva essere il più forte, le era evidente che quest'ultimo era diverso da qualsiasi altro mostro incontrato prima. Lo colpì con la spalla barcollando come avrebbe fatto qualsiasi donna umana, fingendo di farsi male e il mostro le agguantò il braccio per tenerla in piedi.

«Dannazione, cos'altro devo sopportare? Uno mi mette le mani addosso e un altro per poco non mi scaraventa a terra»

Guardò il demone con aria offesa e imbronciata. Lui la squadrò dalla testa ai piedi ed era palese che gli piacesse ciò che aveva davanti.

«Chi ti ha messo le mani addosso bellezza?»

«È quello laggiù, il rosso mezzo ubriaco»

Massaggiandosi la spalla che aveva impattato con il demone indicò il balordo che aveva cercato di toccarla in mezzo alla pista.

L'essere fece un cenno agli altri due «Buttatelo fuori»

Poi rivolse di nuovo la sua attenzione alla ragazza «Ora che abbiamo riparato alla prima offesa, voglio farmi perdonare per averti quasi travolto. Ti offro un drink?»

Lei sorrise e andò verso il bar con lui nascondendo tutto lo sdegno che provava «Un Daiquiri»

«Subito bellezza»

Il barista punk dall'altro lato del bancone la fissò con un ghigno seducente e mascolino, ma quando poi le porse il cocktail sbiancò notando il demone accanto a lei; probabilmente il barman sapeva che fine facevano le donne che lo accompagnavano, o forse percepiva la sua aura malvagia. Se la prima ipotesi di Reina era quella giusta, il barista avrebbe fatto la stessa fine del demone.

Lilith aveva osservato tutta la scena e ne era compiaciuta.

«L'hai addestrata bene» L'uomo accanto a lei sorrideva bevendo la sua birra scura.

«Non scherzare Ariel, è già sorprendente che non lo abbia decapitato all'istante»

Sam irritato si avvicinò a loro due mentre il demone sfiorava le mani, la schiena e i serici capelli di Reina con le sue luride dita.

«Non prendertela Samael fa parte della strategia» Ariel cercava di calmarlo.

«Non dirmi che non conosci il gioco in cui l'esca è anche il carnefice?»

Lilith rise contagiando anche l'altro, ma l'unico pensiero di Sam era andare dal demone e strappargli prima le mani e poi la testa. L'essere immondo disse qualcosa ai suoi subalterni, poi si chinò vicino al collo di Reina sussurrandole poche parole. *Se la bacia non rispondo di me.*

La ragazza discretamente accennò uno sguardo serio e determinato in direzione della lupa, poi si alzò e seguì il mostro verso l'uscita del locale.

«Dove vanno?»

«Nella tana del lupo» disse Ariel.

Sam fissò Lilith con durezza «Vuoi lasciarla da sola con quel demone del fuoco?»

«Reina sa difendersi occhioni blu, non ha bisogno d'aiuto, siamo riuscite a sopravvivere per secoli senza di voi»

«Perché tu l'hai nascosta! Non ci hai detto che l'avevi ritrovata né che fosse viva, fino a qualche settimana fa»

Lilith gli si piazzò di fronte e nonostante la differenza d'altezza e l'imponente fisico di quel maschio, lei non indietreggiò.

«Non erano affari vostri!»

Ariel si frappose fra i due «Calmatevi, comunque sia la seguiremo, diamole solo il tempo di scoprire se ci sono ancora delle ragazze vive. Vi ricordo che cinque donne non sono state ancora ritrovate e non sappiamo se siano già cadaveri oppure no»

Uscirono dal locale e videro la Camaro nera del demone sfrecciare verso destra, mentre gli altri due esseri infernali bloccavano la strada. In pochi istanti le loro spade di fuoco li fecero a pezzi senza che gli umani si accorgessero di qualcosa.

Reina dentro l'auto non faceva altro che pensare a Sam, a Lilith e all'altro uomo. Quando si era alzata per seguire il demone, i tre discutevano animatamente, era fin troppo strano che la lupa desse confidenza a qualcuno tanto da berci insieme. *E se Sam mi avesse detto la verità e ci fossimo già incontrati in passato? E perché mai gli ho permesso di toccarmi in quel modo?*

«Vedrai che il posto ti piacerà piccola»

Quella voce inumana la distolse dai suoi pensieri, Reina cercò di rimanere calma ricacciando indietro l'istinto omicida che infervorava il suo corpo. Il mostro non si era ancora reso conto che con lui non c'era una donna qualunque e le ombre scure cominciavano ad attraversargli il volto, tra poco la sua vera natura sarebbe uscita fuori. Dopo un breve tratto sulla tangenziale, la Camaro si fermò in una vecchia zona industriale che non veniva più utilizzata da anni.

«Allora, che ne pensi?»

«Direi che è molto isolato»

Lei osservò la zona, poi lo stabile quasi decrepito davanti cui avevano parcheggiato continuando a recitare la parte della giovane umana ingenua. Il ghigno di lui divenne perfido, la fece entrare nel magazzino strattonandola e poi chiuse a chiave la porta. Le pareti dipinte di nero erano tappezzate da macabre scene di violenza e mutilazioni. Sferrandole un colpo forte alla schiena la fece finire al centro della stanza, se Reina fosse stata davvero umana le avrebbe spezzato le ossa.

«Ti piacciono le cose violente piccola? A me si»

La giovane lo fissava in silenzio e immobile, nessuna emozione traspariva dal suo viso.

«Che strano, in te non avverto la paura, piuttosto la traccia dell'essenza della lupa è più forte che mai»

Bingo! Quindi c'era lui dietro ai rapimenti e alle uccisioni delle ragazze «Quali altre?»

«Tutte quelle che somigliano a lei, devono essere mie»

Reina spinse la sua energia fuori, sondando il magazzino in cui si trovavano e gli altri nei paraggi per cercare le ragazze. In una delle stanze tramezzate con pannelli prefabbricati, due donne piangevano stringendosi l'una all'altra, una terza giovane era relegata nell'angolo a sud. L'istinto la spingeva ad ucciderlo subito, ma doveva stare attenta perché quello era un mostro tutt'altro che facile da sconfiggere, era un demone anziano molto potente.

«Solo il colore degli occhi è diverso poi siete come due gocce d'acqua. Era solo una ragazzina ma io la ricordo bene»

«Di chi parli?»

«Della piccola puttana che mi ha fatto questo»

Lui si strappò la camicia rivelando una cicatrice larga e irregolare che partiva dal suo fianco destro e finiva alla spalla sinistra. Un flash back colpì Reina all'improvviso, nei suoi incubi prima di cadere dalla scogliera lei sferrava un fendente contro un gruppo di mostri, colpendo un demone del fuoco.

Era tutto reale. Lei era stata lì e lo aveva colpito davvero. Il mostro rivelava la sua natura ormai, la sua pelle sembrava quasi lacerata dal calore e gli occhi vennero inghiottiti dal nero. Reina gli sorrise malignamente senza più fingere.

«Stavolta allora affonderò di più la lama bastardo»

Lo smeraldo dei suoi occhi illuminò la stanza e il demone per un istante tremò, poi un ruggito spaventoso gli uscì dal petto. Reina materializzò la sua spada mentre lui sputava la prima fiammata incandescente, che lei schivò per pochi centimetri.

«In tutti questi anni ho stuprato, torturato e ucciso, ma non sono mai stato soddisfatto. Adesso però...»

«Adesso morirai mostro»

«Ti farò soffrire Figlia dell'Oscurità»

Come mi ha chiamata?

Altre fiamme riempirono la stanza, se continuava così tutto sarebbe esploso, Reina lo colpì con un calcio alla testa così forte da fargli attraversare la parete. Il demone uscì dalla stanza facendosi scudo con una ragazza umana più o meno ventenne, era piena di morsi, graffi, lividi; era quasi del tutto nuda e piangeva terrorizzata. La rabbia montò dentro Reina che saltò da una parete all'altra cercando di confondere e aggirare il demone e quando fu abbastanza vicina lo colpì alla schiena, strappandogli la giovane dalle mani e lanciandola nell'altra stanza, qualche osso rotto era meglio che morire.

Un altro ruggito e il demone lanciò un poderoso getto di fuoco, il punto morto del magazzino in cui si trovava Reina non offriva ripari, l'unica cosa che poteva fare era andare nella stanza in cui c'erano le due ragazze, ma non avrebbe messo a rischio la loro vita, così chiuse gli occhi e si preparò al dolore. Non era la prima volta che si trovava in situazioni del genere, e anche se le ferite guarivano abbastanza in fretta, il dolore era tutt'altra cosa; attese ma non accadde nulla, il fuoco non la inghiottiva. *Cosa succede?*

«Sono qui ragazzina»

Quella voce. Quella frase. «Sam?»

Lui era là a farle scudo con il suo corpo. Dietro di loro, Lilith aveva conficcato uno dei suoi pugnali dalla mascella al cervello del mostro così da bloccare le fiamme, l'altro uomo che era con loro lo decapitò con una spada uguale a quella di Sam.

«Stai bene?»

Lei fece cenno di sì col capo «Ci sono delle umane nelle altre stanze»

«Tranquilla se ne occuperà Ariel»

L'ultimo arrivato le fece un accenno di saluto per poi sparire insieme a Sam. Negli occhi di Reina passò un lampo di stupore, quegli uomini avevano il potere di smaterializzarsi.

«Lilith cosa sono? E come li conosci?»

«Sono angeli non avverti la loro purezza?»

Angeli come quelli che lei sognava, ecco perché non c'era malvagità in loro e le spade di fuoco e la verità nelle loro parole.

Sam riapparve «Sta per crollare tutto» Afferrò i polsi di entrambe e senza rendersene conto si ritrovarono accanto alla Maserati. Reina era stordita ma Sam la sorresse con un leggero sorriso sulle labbra.

«A smaterializzarsi ci si abitua»

Lilith si rivolse ad Ariel «Le ragazze?»

«Le ho portate da Rafael che le sta curando, ma ci vorrà tempo per riprendersi dal trauma di ciò che hanno vissuto»

Reina senza dire una parola salì in macchina e partì. *Che diamine sta succedendo?* Non bastava avere a che fare con le creature infernali, adesso c'erano pure gli angeli. Lilith li conosceva e non ne aveva mai fatto parola in tutti i secoli in cui erano state insieme. Aveva appena scoperto che i suoi incubi erano reali, il che vuol dire che lo erano anche le sue paure, e Sam era l'unico che poteva scacciarle. La confusione, la paura e la rabbia turbinavano dentro di lei mentre sfrecciava per le strade come un'anima dannata, cercando di allontanarsi da tutto e tutti.

Dopo aver guidato senza meta e aver perso la cognizione del tempo, alla fine Reina si era ritrovata sulla via del locale in cui aveva abbordato il demone. Ovunque c'erano pattuglie della polizia e l'intero stabile era stato sigillato, così abbassò il finestrino e chiese ad uno dei cronisti accorsi sulla scena cosa fosse successo.

«Hanno trovato morto un barista e nessuno sembra sapere come sia successo, nonostante il locale fosse pieno»

Reina tirò su il finestrino e si allontanò dal luogo riprendendo la strada di casa. Qualcuno era arrivato al barista punk prima di lei evitandole così di sporcarsi le mani, perché l'uomo era di sicuro coinvolto nei traffici del demone del fuoco che aveva cercato di ucciderla.

Sistemò l'auto in garage e varcata la soglia del salone principale, Lilith le tirò addosso la bottiglia di vodka mezza vuota che aveva in mano.

«Dove diavolo sei stata?» silenzio «Ci hai mollati lì e te ne sei andata»

Il turbamento e la collera che già battagliavano nella mente di Reina esplosero, i suoi occhi si accesero poco prima di scagliarsi contro Lilith.

«Smettila Reina»

La lupa andò a schiantarsi contro la parete facendo tremare la casa, poi abbatté Reina al suolo, questa si divincolò e affondò un altro pugno.

«Come hai potuto mentirmi?»

Lilith con un calciò la spedì contro la finestra «Devi ascoltarmi»

«Tu sapevi e non hai fatto nulla. Tutti questi anni, tutte quelle povere donne che sono morte, io avrei saputo come difendermi loro invece no!»

Continuarono a picchiarsi senza sosta, la nebbia che accecava la mente di Reina si dissipò solo quando vide che Lilith aveva le lacrime agli occhi, mentre lei le stringeva la gola con forza.

«Lo rifarei di nuovo se servisse a tenerti al sicuro»

Reina mollò la presa esausta, avevano quasi distrutto il piano terra, era la prima lite selvaggia dopo secoli di convivenza.

«Quando ho saputo di quel demone l'ho cercato senza riuscire a trovarlo. Ho salvato parecchie donne, mai abbastanza purtroppo»

Reina la ascoltava mentre sentiva la bocca riarsa dalla rabbia e dalle grida «Non ho ricordi di quel demone né degli angeli ma li ho sognati tante volte, dimmi perché Lily?»

Un'energia potente riempì la stanza «Cos'è successo qui?»

Le donne si alzarono di fronte a quattro imponenti e bellissimi uomini, e anche se l'istinto diceva a Reina di stare tranquilla lei si mantenne comunque sulla difensiva. *Sono tutti angeli.*

«Incomprensioni tra ragazze» disse la lupa con noncuranza.

Sam guardò la stanza poi osservò lei, vestiti strappati, graffi e sangue le chiazzavano la pelle. Un angelo biondo con occhi d'ametista brillante si fece avanti.

«Io sono Rafael, l'angelo della Guarigione»

Prese le mani di entrambe, le inondò di luce e le loro ferite guarirono all'istante, Reina era certa di aver già visto quella luce. Il sorriso dell'angelo era così seducente e contagioso, che le venne spontaneo ricambiarlo. Era di una bellezza sconvolgente, tanto bello che una donna avrebbe potuto stare ad ammirarlo per ore solo per godere di quel volto e di quell'aura di dolcezza infinita che emanava.

«Ti presento gli altri se mi permetti, questo è nostro fratello Ariel» disse riferendosi a quello che aveva portato via le ragazze «Lui è l'angelo della Conoscenza»

Adesso che Reina lo guardava bene c'era in lui qualcosa che la svuotava, una sensazione simile a quando lei spingeva fuori la sua energia per captare ciò che la circondava, ma più intensa.

«Devo osservare per poter comprendere soprattutto ciò che non si esprime» *Mi legge la mente?*

Lui fece un cenno positivo con la testa, mentre i suoi occhi si illuminavano di un caldo color ambra e il biondo continuava a parlare.

«Il nostro Samael che conosci bene è l'angelo della Giustizia»

Le fece l'occhiolino e lei avvertì il sangue affluirle alle guance. *Perché lo dice in tono ammiccante?* Si girò a guardare Sam e sentì il profumo del cacao tostato. Il suo sguardo penetrante le fece salire una vampata di calore e Reina dovette sbattere le palpebre più volte per controllarsi. L'ultimo angelo si teneva a distanza con le braccia incrociate sul petto massiccio, era potente, forse più degli altri e la osservava come se fosse un insetto sotto il vetrino di un entomologo.

«Lui è nostro fratello Mikael, il Protettore»

Senza rendersene conto Reina si mosse verso di lui, con una sensazione strana in corpo, non era la stessa cosa che aveva provato vedendo gli altri angeli, i suoi lineamenti e il suo odore la attiravano. Lui inarcò un sopracciglio e quel gesto semplice richiamò nella mente di Reina qualcosa di molto profondo e familiare. Mikael la fissava con lo sguardo glaciale che però esprimeva un'emozione indefinita.

«I tuoi occhi, sono stupendi» gli disse.

Lilith si girò dall'altra parte, mentre Mikael le sorrideva in modo impacciato facendole perdere un battito del cuore.

«Perché siete qui?»

Rafael si avvicinò a lei di nuovo «Per aiutarti nella tua lotta, oggi avresti sacrificato molto per poter salvare quelle fanciulle»

Il rimorso si fece avanti nel suo cuore «È stata colpa mia, lo dovevo a quelle ragazze e a tutte le donne che né io né Lilith abbiamo salvato. Io non ho chiesto il vostro aiuto avreste dovuto aiutare loro. Andate via adesso ne ho avuto abbastanza di tutto questo»

Senza degnarli di uno sguardo, dopo aver pronunciato quelle parole amare salì al piano di sopra.

9

Reina era stanca e si sentiva ancora addosso l'odore nauseante del demone del fuoco, così si infilò sotto la doccia per lavare via lo sporco e la frustrazione per tutte quelle mezze verità strappate a Lilith. Il dolore che aveva letto negli occhi della lupa l'aveva messa in allarme. Già non riusciva a stare al passo con tutti gli avvenimenti che in una sola sera l'avevano travolta, ma quella sensazione non la lasciava, era sicura che Lilith le stesse nascondendo qualcosa e da come si era comportata in quegli ultimi giorni era qualcosa di molto importante. Prese il primo paio di pantaloncini che trovò nel cassetto e un top, doveva sapere tutto e farci i conti prima che il cervello le implodesse. Si avviò verso le scale e udì delle voci basse provenire dal giardino esterno e scese a piedi nudi di sotto. *Come mai gli angeli sono ancora qui?*

«Dobbiamo farlo Lilith» Ariel fissava intensamente la lupa.

«Non posso farle questo» Reina rivide il tormento nei suoi occhi le si avvicinò cauta.

«Fare cosa Lily?»

Di sicuro l'angelo della conoscenza le aveva fatto dire quelle parole sapendo che lei le ascoltava. Quindi aveva ragione, la lupa le stava nascondendo qualcosa e lei avrebbe fatto di tutto per farle vuotare il sacco. Prima che potesse raggiungerla però, Mikael le si piazzò di fronte. Improvvisamente quel corpo massiccio e potente la fece sentire piccola, e per un solo istante Reina ebbe voglia di indietreggiare. Si costrinse però a piantare i piedi lì senza abbassare la testa e quando l'angelo parlò per la prima volta, la sua voce fu per Reina una melodia unica.

«Dal giorno in cui è morta la tua famiglia, Lilith ha cercato di proteggerti sigillando i ricordi più orribili nella parte più remota della tua mente»

Quelle parole la colpirono come un pugno sul viso. *Allora tutto quello che ho sognato, lo conoscevo davvero? La battaglia, le urla, tutto quel sangue.*

«La tua memoria è stata inibita ma la tua mente è molto forte e sta abbattendo la barriera che la blocca»

Ariel percepiva i suoi pensieri e le dava risposte senza che lei ponesse domande. Benché le tremasse la voce, Reina si avvicinò a lui con ferrea determinazione.

«Fatemi ricordare»

«Sarà doloroso, si riverserà tutto nella tua testa come un fiume in piena»

«Non ha importanza, voglio farlo»

«Avrà importanza e come, perché insieme ai ricordi torneranno anche tutte le sensazioni, la gioia, il dolore, l'amore, l'angoscia e il tormento»

Lilith le teneva stretta la mano con preoccupazione «Sono qui con te non ti lascerò affrontare tutto da sola»

Gli angeli si guardarono per un lungo momento cercando di decidere se fosse o meno una cosa saggia riportare alla luce gli orrori del passato, poi la accerchiarono e Reina capì che non era solo per proteggerla. Avrebbero dovuto contenerla.

«Sono pronta»

Ariel posizionò le dita sulle tempie della ragazza mentre Rafael appoggiava la mano sulla spalla del fratello, probabilmente lo sforzo sarebbe stato debilitante anche per l'angelo della conoscenza che la guardò negli occhi per capire se davvero fosse preparata ad affrontare la verità a lungo taciuta.

«Mi dispiace» disse lei, scusandosi del dolore che anche Ariel avrebbe provato.

La stanza iniziò a vorticare. Inspirando a fondo Reina percepì i profumi della terra che l'aveva accolta dal momento in cui era nata. Il calore del sole, il vento che le sfiorava il corpo mentre correva con Lilith quando per tutti loro era solo una lupa tra i boschi, una Guardiana. La voce di suo padre che diceva di amarla, le risate delle sorelle e gli occhi di Ella.

Oddio erano come quelli di Mikael.

Non era mai riuscita a mettere a fuoco i visi dei suoi cari, per quanto si fosse sforzata in passato una sorta di nebbia ne copriva sempre i tratti, adesso invece li osservava chiaramente. Poi tutto divenne scuro, fumo, cenere, sangue, tutti gridavano e correvano. L'odore nauseabondo dello zolfo, le sue giovani sorelle riverse inermi a terra e il padre mutilato che spirava davanti ai suoi occhi.

Non può essere successo veramente, questo è solo un altro incubo.

Lilith le aveva sempre detto che i membri della sua famiglia erano stati contaminati dal veleno demoniaco e poi l'incendio che era stato appiccato li aveva uccisi. Ma la verità era un'altra. La voce di un uomo che condannava sua madre alla fine, Jonhas, il suo amato fratello, che infine la colpiva a morte. Le lacrime bruciavano il viso di Reina, strinse i pugni così forte da farsi sbiancare le nocche.

Vide Mikael stringere Ella urlando di dolore, poco prima di iniziare a trucidare tutti i demoni che gli capitavano davanti e Lilith che gridava e agiva nello stesso modo straziante. Ariel e Rafael immersi nella battaglia sembravano mietitori di teste. Infine vide il demone del fuoco mentre lei era appesa alla scogliera. No, non era appesa, qualcuno la reggeva. Sam stava cercando di salvarla ma i demoni riuscirono ad avvicinarsi al punto da strappargli una delle sue ali. Reina sentì un urlo fortissimo e non riuscì a capire se era il ricordo di quello dell'angelo o il suo mentre riviveva il tutto.

Le scene del suo incubo le passarono davanti in modo dettagliato, feriva il mostro del fuoco e gli altri demoni intorno a lui e poi precipitava. I polmoni si riempivano d'acqua, stava affogando mentre l'Oceano la sferzava contro la scogliera, poi qualcuno la trascinò via. Si svegliò in una grotta e le sirene erano lì, insieme ad altre due donne. Le mise a fuoco erano Syra e Calime, finalmente ricordava anche i loro volti. Un attimo dopo però Syra era a terra e le mani di Reina erano macchiate del suo sangue. L'aveva uccisa.

La disperazione e il dolore squarciarono tutto e la visione sparì. Reina stringeva la mano di Lilith così forte che sentì lo scricchiolio delle ossa.

«Lasciala Reina» la voce di Sam le arrivava come distorta.

«La mia famiglia. Hai detto che erano morti in quel maledetto incendio, che non se ne erano resi conto. Sei una bugiarda!»

«Calmati tesoro ti prego»

Gli occhi della lupa erano imploranti, ma l'urlo che proruppe dal petto di Reina era disperato e rabbioso, i suoi occhi accesi di dolore divennero completamente neri.

«Non li ho salvati, non li ho vendicati. Dannazione ho ucciso Syra»

Scatenò la sua ira su Lilith che non tentava di difendersi. Il furore aveva completamente offuscato la razionalità di Reina che si scansò velocemente quando Mikael cercò di fermarla.

«E tu! Tu sei l'angelo della protezione ma l'hai lasciata morire. Era parte di te! Avete lasciato morire tutti!»

Ariel si reggeva a Rafael «Calmati Reina e frena la collera, quello è il passato lo hai già vissuto»

«Allora perché fa così male?»

Urlò quelle parole tra le lacrime, Sam la strinse immobilizzandola e lei lo lasciò fare «Sono qui ragazzina» Le sussurrò quella frase all'orecchio così che le potesse arrivare all'anima.

«Via»

Fu l'unica parola che lei pronunciò, poi l'angelo la portò con sé.

Reina si ritrovò immersa in un magnifico giardino, vicino ad una sorgente naturale. Piangeva tutta la sua collera e amarezza tirando calci e pugni ovunque, colpendo Sam molte volte urlando e imprecando, ma lui non si lamentava né si spostava, piuttosto la lasciò sfogare finché stremata e sfinita dal dolore Reina cadde in ginocchio, con gli occhi tornati verdi ma spenti. Samael le si accovacciò di fronte e allungò una mano per accarezzarle il viso, asciugando le ultime lacrime che ancora lo inumidivano.

«Sei uno stupido angelo, ti ho fatto del male e tu sei ancora qui con me. Perché?»

Lui sorrise appena «Beh, non mi hai colpito poi così forte»

«Ti hanno strappato le ali per colpa mia»

Rimettendosi in piedi con il cuore pieno di rimorso, lo sentì inspirare in modo brusco.

«Una sola ala mi fu strappata quel giorno» Reina si coprì il volto con le mani, come se potesse bloccare o addirittura distruggere il ricordo di quel momento «E per salvarti lo rifarei altre mille volte»

«Dovresti odiarmi»

Ma lui le si era avvicinato, così Reina lo spinse via con rabbia strappandogli quasi del tutto la camicia.

«Non potrei mai disprezzarti Reina»

Sentirlo pronunciare il suo nome, le scaldava il corpo traditore in una maniera incomprensibile. Girò intorno a lui finché non si ritrovò a fissargli la schiena, il tessuto strappato lasciava intravedere una distesa di muscoli potenti e definiti, ma per Reina nella bellezza di ciò che vide c'era anche l'amarezza di sapere che per colpa sua quel magnifico corpo era stato deturpato. Dalla scapola sinistra alla zona lombare infatti, si estendeva una cicatrice spessa e irregolare. Serrò gli occhi per non vedere il segno tangibile della sua colpa.

«Guardami Reina» Lei scosse la testa «Ti prego guardami»

Cielo quella voce che le faceva vibrare il cuore e non solo l'avrebbe portata alla follia, così lentamente riaprì gli occhi e rimase a bocca aperta. Due splendide ali si allungavano dalla schiena di Sam, erano bianche e striate d'argento, enormi e lucenti.

«Come è possibile?»

«Ci sono voluti interi decenni e il sangue guaritore di tutti i miei fratelli, ma poi è ricresciuta»

L'angelo sorrise girandosi per guardarla negli occhi, era meraviglioso, potente e sensuale. Qualcosa si mosse dentro Reina fino a liquefarsi. Si avvicinò a Sam seguendo un impulso sconosciuto e iniziò a toccare quelle morbide piume che le sfioravano le dita, ogni piccolo movimento le faceva brillare come diamanti e lei si ritrovò a sorridere. Continuò ad accarezzare l'arcata bianca e soffice, era il paradiso fatto di calma e lucentezza;

ancora incredula percepì anche la potenza di quelle estensioni e continuò a contemplarle finché si accorse che l'angelo tremava. Aveva gli occhi chiusi e le mani strette a pugno.

«Sam»

Lui sollevò le palpebre pesanti e l'elettricità che si sprigionò dal suo sguardo ardente la colpì con desiderio e istinto. Samael la strinse e la baciò con impeto.

Le labbra dell'angelo furono sulla sua bocca senza che lei potesse obbiettare, il profumo che aveva avvertito nell'aria e che la faceva impazzire non era nulla in confronto al sapore di quell'uomo. Racchiudeva in sé l'estate, la pioggia e il sole, la notte e l'alba. Era un uragano di estasi e passione. Reina non era mai stata baciata in quel modo, ed aveva la certezza che mai nessun altro avrebbe avuto il potere di scuotere così profondamente la sua anima.

Sentì la durezza di una superficie fredda a contatto con la sua schiena mentre il corpo di Sam la schiacciava. Si era aggrappata alle sue spalle mentre lui accarezzandola le sollevava le gambe all'altezza della cintura e Reina provò un'intimità sconosciuta. L'angelo continuava a battagliare con la sua lingua tra gemiti soffocati, risalendo con le mani lungo le cosce morbide della donna.

Ad un tratto però qualcosa in Reina si spezzò. Un nuovo ricordo le arrivò alla mente, un uomo che somigliava a suo padre sottometteva Ella e la obbligava a guardarlo mentre abusava di lei, stringendole il collo con forza, i suoi occhi erano gialli come quelli dell'ombra oscura dei suoi incubi.

Basta!

Doveva far sparire quell'orribile visione che la stava tormentando, lanciò un urlo fortissimo e una potente scarica di energia si sprigionò dal suo corpo, colpendo brutalmente Sam, facendolo volare a molti metri di distanza. Reina si riprese reggendosi alla parete alle sue spalle, sentì un'ondata di freddo sulla pelle ora che l'uomo non la stringeva più. Subito lo cercò con lo sguardo, era a terra lontano da lei.

«Sam!» Corse al suo fianco spaventata per la possibilità di averlo ferito, ma l'angelo si stava già rialzando.

«Sto bene»

«Mi dispiace, non volevo colpirti»

«No, non devi scusarti»

«Si invece, volevo solo che finisse e... non mi sono controllata»

Lo sguardo di Sam si indurì, attraversato da un moto di rammarico e vergogna, Reina vide la sua mascella serrarsi.

«Ho percepito la tua paura ma non ho smesso, diamine sono un idiota»

Crede che abbia paura di lui, che sia stata colpa sua. Stava per ribattere quando Sam le afferrò il braccio con lo sguardo basso.

«Ti porto a casa»

In un battito di ciglia furono di nuovo nella stanza con gli altri.

I loro occhi si concentrarono subito su di lei, era sconvolta e di sicuro le sue labbra erano gonfie per quel focoso bacio, ma tenne duro e con passo deciso si avvicinò all'angelo della conoscenza.

«Ariel è possibile che io abbia assorbito i ricordi di qualcun altro?»

Lui le fece cenno di proseguire e poi rivolse la sua attenzione al fratello, certamente sapeva già cosa era successo tra loro.

«Cos'hai visto Reina?»

«Un ricordo di mia madre, credo»

Lo disse sfiorando con lo sguardo Sam e in quel momento lui capì. Reina voleva che finisse la scena che stava vedendo nella sua testa, non interrompere il loro contatto.

«Mostramelo» le labbra della donna si strinsero con durezza.

«Non penso che sia sicuro»

La voce di Sam aveva una nota di apprensione, ma sapeva che Ariel stava già frugando nella mente della ragazza in cerca di risposte, e di colpo i suoi occhi si accesero di rabbia sprigionando un colore d'ambra intenso.

«È il ricordo della notte in cui sei stata concepita»

No! Suo padre non poteva essere stato così crudele, Evandrus amava Ella intensamente.

«Quello non era tuo padre, non del tutto almeno»

«Ho già visto quegli occhi, sono simili ai vostri ma sono crudeli. E cosa vuol dire che quello non era del tutto mio padre?»

Mikael si fece avanti afferrandola per le spalle in modo brusco

«Prima dimmi dove hai visto i suoi occhi?»

Samael fu accanto a loro, fissando il fratello in una silenziosa intimidazione.

«Nei miei incubi rivivevo quell'infinita battaglia ma dopo la caduta dalla scogliera a volte finivo in un posto buio e freddo. Una voce mi tranquillizzava, ma non ho mai visto chi fosse»

Reina iniziava ad agitarsi e Mikael mollò la presa «Cosa ti diceva questa voce?»

«Era come se volesse essermi amico, almeno fino a poche settimane fa. Quando ho incontrato Sam per la prima volta l'ombra è venuta a parlarmi ma non era più gentile, era crudele, i suoi occhi gialli sono sbucati dall'oscurità mentre cercava di convincermi ad andare con lui»

Il viso di Mikael era sconcertato «Come può essere?»

«Sam era con lei nel sogno, evidentemente sono legati» Reina arrossì sentendo le parole di Ariel. *Legati in che senso?*

«Ti ha fatto vedere ciò che è successo quella maledetta notte per fare esplodere il tuo potere»

«Il mio cosa?»

La ragazza si girò di scatto verso Lilith, che si era avvicinata per tenerle la mano e ovviamente non le aveva ancora detto tutto.

«Lucifero ha corrotto il cuore di Jonhas quando era solo un ragazzino, lui è stato il suo tramite per poter entrare nel corpo di tuo padre. Sei stata concepita quando Evandrus e il demonio erano una sola cosa. Io e Syra abbiamo vincolato il grande potere di tua madre per nasconderla al signore degli inferi, ma alla fine è riuscito a trovarla» la vide tremare di rabbia al ricordo dell'uccisione della figlia «Sappi tesoro che Syra non è morta l'hai solo ferita, perché quando ti sei svegliata credevi di essere ancora sul campo di battaglia»

Una lacrima solitaria solcò il volto meraviglioso di Lilith, le stava raccontando tutto finalmente, liberandosi così anche lei di un peso che portava da secoli «Ricordi le storie che ti raccontavano Syra e Calime sul potere che sarebbe riuscito ad aprire i cancelli dell'Inferno? Beh, quel potere nato con tua madre è passato a te nel momento in cui il suo sangue è stato versato. E purtroppo in te è ancora più forte perché racchiude anche una parte di malvagità»

Quelle parole furono un'ulteriore bomba nella sua testa, tutto era chiaro adesso. Il demone l'aveva chiamata Figlia dell'Oscurità perché era nata con un pezzo dell'anima di Lucifero e lui voleva far scatenare la sua parte crudele per impadronirsene. Ma Reina non lo avrebbe mai permesso, piuttosto sarebbe morta.

«Abbiamo arginato i tuoi ricordi perché eri troppo vulnerabile e fuori controllo. Il dolore e il senso di perdita che provavi non ti facevano ragionare lucidamente e io non potevo permettere che tu scatenassi il tuo potere e far sapere così a Lucifero che eri ancora viva»

Sam le sfiorò il viso con un gesto tenero, avvertendo in lei tutto lo sconforto e la tristezza. Quella era un'immagine dell'angelo molto in contrasto con il ricordo rievocato dalla sua mente.

Rivivendo i momenti lontani di quella battaglia, lo ricordava brutale e feroce, intento ad uccidere con la massima determinazione tutte le creature dell'Inferno, tanto che lo aveva osservato ammaliata, cercando di cogliere ogni suo più piccolo movimento perché ne era stata attratta, come quella sera di poco tempo prima, al campo da baseball. Il fatto che esistesse un vincolo tra loro rendeva la situazione ancora più surreale. Inaspettatamente la voce di Ariel si intrufolò nella sua testa ancora confusa.

«Il vostro legame è qualcosa di inscindibile, non può essere spiegato dalla logica, quando le vostre anime si sono incontrate, si sono scelte all'istante. Questo è il motivo per cui lui si è fatto strappare un'ala quel giorno, era preso dalle sensazioni che tu gli avevi suscitato, e anche se eri solo una ragazzina gli avevi riempito il cuore»

La consapevolezza di quelle parole si stava radicando in lei. In tutta la sua vita molti uomini le si erano avvicinati, aveva anche baciato qualche ragazzo tanto per sapere cosa significasse essere attratta da qualcuno, ma la verità è che si era sempre sentita fuori posto con tutti. Ora comprendeva che nessuno era mai riuscito a sbiadire il ricordo dell'angelo che il suo cuore aveva conservato aldilà della sua memoria offuscata.

Gli occhi ambrati di Ariel la trapassarono mentre sentiva ancora la sua voce nella testa *«Ciò che vi unisce è molto potente Reina, eravate disposti a morire l'una per l'altro senza nemmeno conoscervi»*

Ariel non si reggeva più in piedi ormai, lo sforzo fisico e

mentale era stato estenuante così Rafael lo sorresse con un braccio «Dobbiamo andare, lui ha bisogno di riposo e anche tu»

Dopo il cenno di un breve sorriso sparirono, e Reina sperò che il suo ringraziamento silenzioso fosse arrivato alla mente dell'angelo dagli occhi ambrati. Andarono via tutti, volevano darle il tempo di metabolizzare l'accaduto e di accettarlo. Sam fu l'ultimo a smaterializzarsi, sfiorandole prima la guancia con un lieve bacio.

Non appena furono da sole lei e la lupa in silenzio cercarono di risistemare grossolanamente la stanza al piano terra.

«Sei stata tu a togliere di mezzo il punk al locale?»

Lilith la guardò seria per pochi secondi «Ho capito da come ti ha guardata per tutta la sera che sapeva bene che fine facevano le accompagnatrici di quel mostro disgustoso, e quando tu sei sparita sono tornata al club e l'ho mandato all'Inferno, letteralmente»

Un sorriso stanco comparve sul volto di Reina, così Lilith la trascinò su per le scale, si sdraiarono nel lettone grande con lenzuola di seta rossa, il colore preferito dalla lupa.

«Non sono riuscita a proteggere mia figlia, ma non succederà con te Reina. L'ho promesso ai tuoi genitori e l'ho giurato sul mio stesso sangue»

«Lily lo ucciderò, Jonhas morirà per quello che ha fatto»

Si strinsero forte, per vegliare l'una sul sonno dell'altra.

La confusione di Reina non era ancora sparita nonostante fossero passati diversi giorni, stava assimilando quante più informazioni possibili per poter gestire i ricordi che la bombardavano. Pian piano che ogni tassello andava al suo posto però cresceva dentro di lei una strana inquietudine. Stava prendendo una bottiglia dal frigo, quando il ricordo di Jonhas che conficcava la spada nella schiena di Ella entrò a forza nella sua mente. E i corpi delle sue sorelle, quelle dolci creature avevano subito una fine orribile, violentate e uccise davanti agli occhi impotenti di Evandrus. *Tocca a me vendicare il loro dolore.*

«Credo che te ne servirà un'altra»

Si rese conto troppo tardi che Sam era nella stanza con lei e che per via della rabbia suscitata dai ricordi, aveva stretto troppo la bottiglia mandandola in mille pezzi.

«Stai bene?»

«Non proprio»

L'angelo la osservò raccogliere i cocci di vetro e gettarli nella spazzatura con movimenti frenetici, così le afferrò entrambi i polsi in una presa gentile ma salda.

«Respira Reina»

Lei sbarrò gli occhi e inspirò a fondo godendosi il suo profumo che sembrò calmarla, tuttavia Sam interruppe il contatto tra loro quasi subito.

«Dai, mettiti qualcosa addosso e andiamo»

I suoi occhi erano eccitati? Reina si diede un'occhiata, indossava i vestiti della sera prima, quando lui l'aveva baciata e accarezzata. Sentì il sangue affluirle al viso ripensando a tutte le sensazioni che le aveva suscitato il corpo magnifico di quell'uomo. Avvertiva la strana tensione che si era creata tra loro come fosse una leggera corrente elettrica.

«Dove andiamo?»

«Lilith vuole che ti porti nella tua terra natale»

Non ci tornava da secoli, anche quando lo aveva desiderato fortemente non era mai riuscita ad arrivarci. Il varco doveva essere invisibile solo agli umani, ma Lilith e Syra di sicuro avevano reso cieca anche lei. La curiosità e la gioia la invasero, corse al piano di sopra per fare una doccia veloce, lasciò i capelli bagnati ricaderle sulla schiena non voleva perdere tempo ad asciugarli. Si infilò un paio di pantaloni scuri a vita bassa, con le tasche in stile militare, degli anfibi e un top bianco che faceva risaltare i suoi occhi ormai verdi. Scortata da un angelo non c'era motivo di schermarli, soprattutto adesso che Reina conosceva la sua vera natura e doveva imparare a conviverci.

«Possiamo andare»

Gli occhi di Sam divennero elettrici come la sera prima, la prese per mano e prima di sparire Reina lo vide serrare la mascella, con quel movimento che le stava diventando familiare.

Il sole illuminava le splendide colline verdi mentre il vento soffiando portava con sé un aroma dolcissimo. *Profumo di casa.* Camminando per i frutteti rigogliosi, Reina ricordava le risate e i momenti giocosi, le voci delle sorelle che cercavano di prenderla prima che si arrampicasse su un albero, le corse con la sua adorata lupa. C'erano le querce sotto cui si sdraiava d'estate e gli alberi di melograno da cui prendeva i frutti per bombardare le gemelle con una pioggia di chicchi. E quell'odore avvolgente delle magnolie che la mandava in estasi. Era il profumo di sua madre, il dolce sentore di una primavera perenne.

In silenzio Sam guardava Reina sorridere e gironzolare toccando gli alberi e annusando i fiori, era radiosa, in piena sintonia con tutto ciò che la circondava. Se da quando l'aveva ritrovata le era parsa bellissima, adesso la trovava magnifica. Gli occhi luminosi erano pieni di emozione non c'era alcuna traccia di oscurità. L'attrazione che sentiva per quella donna era fortissima, ma doveva trattenersi visto l'ultima volta che le si era avvicinato. Le sue labbra, il suo corpo, tutto di lei lo aveva rapito; quando le dita di Reina avevano sfiorato le sue ali, il suo autocontrollo era svanito e l'unico pensiero era diventato quello di darle piacere, di sentire il suo calore, quelle curve sensuali che si adattavano perfettamente al suo corpo e quei gemiti innocenti di piacere.

Si era reso subito conto che quel bacio era stato una bomba di emozioni anche per lei. Era rimasta immobile al primo contatto inaspettato, ma quelle labbra succose lo avevano convinto ad assaporarle a fondo. Infine in preda all'eccitazione Reina aveva accolto la sua lingua lasciandosi andare, e in quel momento si era radicato in lui un profondo senso di possesso. Il sapore di quella donna superava qualsiasi cosa avesse mai potuto sperare, il solo ricordo di quel bacio gli aveva procurato un'altra dolorosa erezione.

Ci andrò piano, deve abituarsi a me, a noi, prima di essere Mia. Quel pensiero era tanto sublime quanto spaventoso. A parte il legame con i suoi fratelli Samael non aveva mai avuto nulla che gli appartenesse davvero e Reina era una contraddizione vivente. Una donna che non avrebbe mai potuto liberarsi dalla sua oscurità, la cui potenza era inimmaginabile. Era sfacciata, spietata, prepotente e crudele, eppure quando era con lui diventava una donna da adorare, da amare e di cui prendersi cura.

«Sam mi porteresti da Syra?»

Lui le sfiorò la guancia e Reina socchiuse gli occhi. Per tutte le nuvole del cielo, adorava il modo in cui lei rispondeva al suo tocco.

«Ti porterò ovunque vorrai»

Reina non riusciva a non fissare le labbra di quell'uomo, erano morbide carnose e perfette. Si avvicinò all'angelo quel tanto che bastava perché i loro corpi si sfiorassero e poi si ritrovò a pochi metri da una casa che non riconobbe.

Era grande e contemporanea, il patio frontale adornato di

aiuole colme di fiori, il tetto enorme fatto di tegole di un color vermiglio chiazzato qua e là da piccole zolle di muschio. Una donna innaffiava delle colorate petunie, non la vedeva da secoli e solo da poco aveva ricordato il suo viso, ma riconobbe subito quella chioma lucente.

«Calime!»

L'altra si girò di scatto «Oh santo cielo, Reina»

Era molto più bella di come la sua mente la ricordava. I capelli ramati e gli occhi cristallini come l'acqua, il corpo sinuoso da sirena fasciato da uno svolazzante abito bianco. Il sorriso dolce che le ricordava tanto quello del suo amato padre. Calime le corse incontro abbracciandola.

«Finalmente sei qui piccola, non sai quanto abbiamo atteso questo momento»

La porta della casa si spalancò e una stupenda donna con i capelli rossi striati d'argento sul davanti, fece capolino sul patio.

«Bambina mia»

«Syra»

Ci fu un lungo momento di silenzio, lacrime e abbracci, Reina non riusciva a credere ai suoi occhi la strega era viva, quindi Lilith le aveva detto la verità sulle ferite che le aveva inferto. Syra le invitò ad entrare in casa, avevano molto da dirsi.

«Tra poco arriverà anche Lilith»

Reina annuì poi si voltò verso l'angelo ringraziandolo di cuore e ricevendo in cambio un sorriso che le mozzò il fiato, prima di vederlo sparire.

Varcata la soglia, Reina fu colpita dall'odore familiare della stanza calda. Ricordava alcuni degli arazzi che erano appesi ai muri e il grande tavolo in legno massiccio che dominava la sala. Si sedettero sulla panca accanto all'enorme finestra che dava sul giardino, Reina non era mai stata brava con le parole era più portata per l'assassinio, ma in quel momento sentiva di dover esprimere a Syra tutto il suo rammarico per quello che le aveva fatto, e con molta vergogna riuscì a trovare il coraggio di parlare.

«Potrai mai perdonarmi per quel che ti ho fatto Syra?»

La strega la guardò con tenerezza, come avrebbe fatto sua madre «Non devo perdonarti nulla tesoro non eri in te. Sei qui, questa è l'unica cosa che conta»

La porta si aprì ed entrò Lilith con sacchetti pieni di cibo.

«Il fatto che io abbia fatto la spesa non conta?»

Calime ridendo aprì la credenza e prese delle bottiglie con uno strano liquido scuro «Beh queste non puoi ricordarle Reina, non ti abbiamo mai permesso di berlo, eri troppo giovane»

«Cos'è?»

«Questo è liquore d'altri tempi, solo un po' più stregato» La sirena ridacchiava mentre alzavano i bicchieri pieni e Syra proponeva il brindisi.

«Ora che il destino finalmente ci ha riunite e che non devo più nascondermi dietro l'identità del Mistico, puah! Festeggiamo!»

Tra risate e racconti cominciarono a bere e fu come se la vita non le avesse mai separate.

Reina si svegliò parecchie ore dopo stranamente intontita e con la testa che le girava. Si guardò intorno, ovunque c'erano bottiglie di liquore vuote, ne sentiva ancora il sapore in bocca. *Cavolo se è potente quella roba.* Andò a sciacquarsi il viso ridacchiando alla vista delle altre. Lilith sul divano a faccia in giù che teneva ancora stretta l'ultima bottiglia che si era scolata, Calime era rimasta con la testa sul tavolo e dormiva a bocca aperta, in una smorfia che aveva ben poco dell'ammaliatrice e Syra, la potentissima strega era buttata in modo scomposto sulla panca con resti di cibo tra i capelli.

Il sole era tramontato da un bel pezzo e anche se non era del tutto lucida, Reina riuscì a percepire il cambiamento di energia che proveniva dal patio. Aprendo la porta trovò Sam appoggiato alla balaustra con le gambe tese e le braccia incrociate sul petto massiccio.

«Sono venuto a controllare che andasse tutto bene. Sai ho sentito molte leggende sulle riunioni tra donne, mortali o immortali che siano»

Sorridendo Reina lo osservò attentamente, quei pantaloni gli fasciavano le gambe muscolose fino al loro punto di giunzione, continuò a risalire con gli occhi fino ai suoi addominali, sentendo la salivazione aumentare, la maglia a scollo largo poi le permetteva di vedere le clavicole e l'inizio dei muscoli pettorali.

Le linee di quel corpo sono fatte per essere tracciate con la lingua.

Subito si mortificò di quel pensiero, cavolo doveva essere davvero sbronza per pensare certe cose.

Lui intanto aveva seguito con interesse la curiosa risalita dei suoi occhi e in un istante le fu di fronte afferrandola per la vita.

«Ci sei andata giù pesante con l'alcool ragazzina»

Lei sorrise allacciandogli le mani dietro la nuca «Solo un po'»

Il corpo di Sam contro il suo era caldo, forte ed immensamente maschio, così avvicinò il naso all'incavo del suo collo e inspirò profondamente.

«Sai di cacao tostato angelo»

«Mia piccola Reina sei mezza ubriaca e non posso fare quello che vorrei disperatamente farti. Quindi per favore, smettila di tentarmi»

Lei mise il broncio anche se quella frase le aveva messo una certa euforia addosso «Anche gli angeli cadono in tentazione allora?»

Lo sentì imprecare sottovoce e ne fu soddisfatta. *Un momento, gli angeli imprecano?*

Sam spostò entrambi, facendole appoggiare la schiena contro la parete della casa, allontanandosi di qualche centimetro da lei per prendere aria, mentre con dita delicate Reina iniziò a disegnare dei cerchi sul suo petto, scendeva verso l'addome e poi risaliva in una lenta agonia. Sam alzò le braccia e si chinò in avanti poggiando le mani contro il muro, aveva creato una gabbia intorno a quella preziosa donna.

Quel suo sguardo intenso e bramoso le scatenava ondate di emozioni indescrivibili. Con le labbra disegnò il profilo e i lineamenti del viso di Reina in un modo atrocemente delicato, scese sul collo lasciando una scia ardente di baci e poi tornò verso la sua bocca. Premette le labbra su quelle morbide e rosse di lei, baciandola dolcemente più e più volte. Il corpo della ragazza era percorso da continui brividi, tanto che iniziò a vibrare piano, lui se ne accorse e sulle labbra gli spuntò un sorriso provocante.

«Mi spiace per aver perso il controllo durante il nostro primo bacio»

La sua voce era così profondamente roca e lussuriosa, e Reina si aggrappò a quelle spalle che sembravano create per tenerla al sicuro.

«Non rinnegherò mai nessuno dei tuoi baci, specialmente il primo. È stato paradisiaco»

Come aveva fatto tutti quei secoli senza quell'uomo? Era l'aria e la vita, l'essenza di tutto. Lui la baciò e stavolta non fu un bacio folle e senza controllo, piuttosto un lento crescendo di passione e desiderio. Lei sapeva che il suo sguardo era divenuto lo specchio del fuoco che aveva dentro e non se ne vergognò, per la prima volta in tutta la sua vita immortale sentiva di poter abbassare le sue difese fra le braccia di quell'uomo. Poteva fidarsi di lui.

Reina divenne più audace rispetto al loro primo bacio e dentro di sé l'angelo rise. *La mia Reina impara in fretta.* Sam continuò a baciarla sul collo e lungo la scollatura, facendo scivolare le mani sul quelle curve provocanti, come le onde che d'estate accarezzano la sabbia rovente, prendendosi tutto il tempo per imprimere un marchio caldo su quel corpo magnifico e femminile. Le mise le mani sotto il sedere strizzando le sue piene e sode rotondità mentre lei tirava su le gambe cingendogli la vita, per sentirlo più vicino e per godere del suo tocco più intensamente come lui le aveva mostrato la prima volta.

Un attimo dopo Sam si bloccò fissando un punto in alto, il suono che uscì dalle sue carnose labbra era pura frustrazione. Reina dovette far breccia in quel miscuglio di sensazioni per cercare di captare il pericolo. Si concentrò, per quanto la presenza di Sam ancora tra le sue cosce le permetteva, voltando la testa in ogni direzione, ma senza percepire nulla.

«Che succede?» Lui le fece rimettere i piedi a terra.

«I miei fratelli mi chiamano»

«Adesso?» *Diamine che tempismo, stupidi angeli.*

Lui le sollevò il mento scrutando la profondità dei suoi occhi; cercava un segno di pentimento ma non ne trovò.

«Devo andare Reina»

Quelle due pozze blu imploranti e il modo in cui pronunciò il suo nome la fecero vibrare, lo attirò tra le sue braccia per un rovente bacio e di colpo udirono la voce di Mikael che tuonava da un punto indistinto del cielo.

«Samael!»

«Nulla è più forte di un'invocazione piccola» si staccò troppo in fretta da lei e sparì.

La porta si aprì lentamente pochi minuti dopo, mentre ancora Reina cercava di riprendere il controllo dei propri istinti. Lilith era sulla soglia con i capelli tutti arruffati.

«C'è aria di sesso qui fuori»

Reina sorrise stupidamente con le labbra ancora gonfie «Non dire sciocchezze»

La lupa le offrì un bicchiere con della roba scura «È per la sbronza?»

Lilith fece spallucce «Sai piccola peste, ho sempre sperato che non ti legassi a nessuno, perché egoisticamente ti volevo tenere con me»

«Io sarò sempre con te Lily e non vado da nessuna parte» Reina guardò teneramente colei che l'aveva accudita, cresciuta, addestrata e amata.

«Lo so tesoro, riconosco però che Samael per te farebbe di tutto, lo sento nel suo stesso sangue»

«È quello che hai sentito anche tra i miei genitori?»

«Esatto e non potrei desiderare un compagno migliore per te»

L'istinto della lupa non aveva mai sbagliato, era profondo e radicato nel suo essere. Ma un compagno era qualcosa a cui Reina non aveva mai pensato. La sua vita era stata interamente dedicata alla lotta agli inferi, non aveva mai avuto contatti con uomini al di là del superfluo, nessuno l'aveva tentata prima di Samael.

«Non correre con la fantasia lupa, piuttosto dimmi di te e Mikael, perché non mi hai mai detto che mia madre era figlia di un angelo?» Lo sguardo di Lilith si velò di malinconia.

«È complicato! Noi non ci siamo scoperti innamorati e non abbiamo avuto quel che si può definire una relazione, ci siamo avvicinati e voluti per un attimo fuggente. Lui non ha saputo di Ella fino a quel disgraziato giorno in cui è morta. Mikael non è come il tuo angelo»

«Il mio angelo?»

La lupa le sorrise «Torniamo a casa. Ho bisogno di un bagno caldo e profumato per smaltire la sbornia, questo intruglio non funziona granché»

Svuotò il bicchiere con il liquido elimina sbronza al di fuori del patio e poi lo lasciò sulla balaustra e si avviarono verso l'auto di Lilith, una Shelby GT 500 rossa lucida come la laccatura delle sue lunghissime unghie. Erano molte le domande che Reina voleva porle, ma sapeva anche che Lilith come lei non era abituata a raccontarsi.

«In tutti questi secoli non mi hai mai portata qui, perché?»

«Syra mi aveva avvertita che la barriera nei tuoi ricordi non avrebbe potuto contrastare la forza della tua mente. Quindi dovevo tenerti lontana da tutto ciò che poteva farti ricordare»

«Beh, non mi hai portata poi così lontano»

«Anche se i poteri della nostra strega sono immensi, non avrebbero avuto lo stesso impatto dall'altra parte del mondo»

«E...» Reina sapeva che non le stava dicendo tutto così le sorrise debolmente invitandola a continuare, e i tratti del suo viso si rilassarono.

«Lei ci è stata accanto per così tanto tempo, come anche Calime, ci vogliono bene non potevo abbandonarle, insieme siamo una famiglia»

Reina voltò la testa verso la strada, con lo sguardo che trapassava ogni cosa. *Una famiglia.* Sorrise spontaneamente all'idea, mentre l'auto si inoltrava per un sentiero più ripido. Lilith fermò l'auto ai piedi di una collinetta e le fece cenno di scendere e seguirla.

«Dove stiamo andando?»

In una frazione di secondo Reina capì. Scorse una grande lapide piena di fiori sotto una quercia immensa. Si inginocchiò davanti alla pietra senza nome con incisa una spada che fungeva da croce al cui centro vi erano due piccole piume, e sotto di essa vi era incisa una frase:

"La morte non annienta l'amore"

Reina accarezzò ogni lettera che era stata evidentemente scolpita a mano. Sapeva che ormai i corpi dei loro cari non esistevano più dopo tutti quei secoli, ma fu immensamente grata alla lupa di averla portata lì. D'altra parte non aveva mai potuto dire addio a nessuno di loro. Quando udirono il coro di ululati che si univa alle loro preghiere silenziose, sorrisero stringendosi le mani. «Sono pronta a tornare a casa adesso»

11

Reina e Lilith continuarono con le loro ronde ammazza demoni nei luoghi che solitamente frequentavano, ma si resero presto conto che i mostri stavano cambiando le loro abitudini. Il numero delle creature era stranamente diminuito, ciò significava che si stavano spostando in altre zone o cosa più probabile preparavano un attacco. Le guerriere catturarono diversi demoni per avere informazioni, nessuno però parlava.

Lilith staccò la testa all'ultimo demone «Cavolo sono devoti questi mostri»

Syra le aveva mandate in una piccola cittadina nel deserto del Nevada, dove ultimamente si erano verificati strani episodi di possessione demoniaca e misteriosi suicidi.

«È un vero mortorio qui»

La vegetazione intorno era al collasso e tutte le porte del quartiere erano state sprangate, Reina percepì dell'energia che si accumulava a un isolato di distanza.

«Andiamo Lily»

Avanzarono con circospezione, una sinistra tranquillità avvolgeva l'intera zona, ma qualche istante dopo un demone alato si scagliò su Lilith, lei gli afferrò una gamba scaraventandolo a terra, Reina che aveva già materializzato la spada con cui squarciò la gola del mostro. In breve furono circondate da altri esseri, che sembravano troppo giovani.

«Stanno espandendo il loro esercito buttando nella mischia di tutto a quanto vedo»

«Bene, divertiamoci allora»

Anche se quelle creature erano enormi non fu difficile per loro due abbatterli, ne uscirono incassando qualche colpo e diversi graffi, nulla di preoccupante dato che non erano demoni velenosi.

«Ce ne sono altri Reina?» la ragazza sondò con la sua energia tutta la zona «Nessun demone» si intesero con un solo sguardo.

«Muoviamoci»

Lilith camminava un passo dietro a lei, avevano percepito entrambe un cuore umano battere in mezzo a quel che restava di un modesto parco per bambini, sembrava il set di uno scadente film dell'orrore. Con un balzo Lilith prese forma di lupa e si lanciò ringhiando verso un piccolo mulino di resina semi distrutto. Reina le andò dietro, per poi trovarla con le zanne snudate sul collo di un uomo e lo premeva con la faccia a terra, poi si spostò e tornò donna per poterlo interrogare.

«Chi sei? Perché i demoni erano qui?»

«Non so di cosa parlate»

Lui si girò e sgranò gli occhi vedendole in faccia «Puzzi d'inferno servo»

«Che ne sapete voi? Siete solo le puttane degli angeli»

Lilith lo colpì così forte da spezzargli le costole «Rispondi!»

«Uccidetemi non importa, ho già compiuto il mio dovere»

Reina si chinò su di lui, era terrorizzato, le sue pupille dilatate e l'odore acre che emanava erano un chiaro segno che nelle sue vene scorreva la linfa scura del male.

«Lo hanno infettato con sangue demoniaco»

«Allora è già morto»

«Tu sei Reina l'oscura non puoi rinnegare le tue origini. Quando il mio Signore ti avrà il tuo potere sarà suo e noi domineremo i mondi»

Lilith lo colpì di nuovo «È questa la favoletta che ti racconti prima di andare a dormire idiota? Tu non dominerai nulla perché sei già morto»

Reina lo fissò con un ghigno perfido «Il tuo amato signore mi cerca da più di trecento anni e vago ancora libera sulla terra per uccidere i suoi mostri, servitori compresi»

Gli trafisse il petto e in meno di un secondo il cuore dell'uomo smise di battere, non sopportava più di guardarlo in faccia.

In silenzio le due donne attraversarono il portale aperto per loro da Syra, erano ancora macchiate del sangue dei demoni e dell'umano, e per quanto apparissero tranquille, il loro animo era in subbuglio, sapevano che c'era qualcosa di grosso in ballo.

Rientrarono a casa a tarda notte trovando Sam seduto sulla poltrona, quando vide Reina l'angelo le afferrò le braccia scrutando minuziosamente il suo corpo.

«Non stare in pena, non è mio il sangue che ho addosso»

Lui trasse un sospiro di sollievo «Reina ti ho detto che nulla è più forte di un'invocazione, avresti dovuto chiamarmi»

Entrambe alzarono gli occhi al cielo esasperate dall'eccessivo senso di protezione che l'angelo provava nei confronti di Reina, così risero. Era piuttosto comico che un maschio si preoccupasse che succedesse loro qualcosa.

«Stai tranquillo occhioni blu è sana e salva» dopo quell'ultima frecciatina Lilith andò al piano di sopra per ripulirsi.

«Erano giovani demoni non è stato così difficile annientarli, non ci servivano rinforzi»

«Vi avrei aiutate comunque» di colpo però i suoi lineamenti divennero rigidi «Non erano solo demoni, hai ucciso un umano?»

«Era un servo in agonia, gli ho evitato il tormento di una morte lenta»

Reina lo fissò a lungo, percependo il disappunto e l'ammonimento che le arrivava dalla sua natura di angelo della giustizia, frustrata decise di mettere subito in chiaro le cose, poiché non aveva bisogno di altre preoccupazioni al momento.

«Non mi serve una balia Samael, non sono abituata a chiedere il permesso o a giustificarmi con qualcuno, faccio quello che mi pare e di certo non smetterò di combattere o di uccidere esseri infernali di qualunque razza siano per colpa del tuo istinto di rettitudine. Abituati oppure levati dai piedi»

Sam la guardò, facendo guizzare un muscolo della mascella a segnare la sua inquietudine. *È così ostinata e forte, ma allora perché sento che è in pericolo?*

Passarono lunghi minuti di pesante silenzio in cui si fissavano negli occhi decisi a non smuoversi dalle loro posizioni, era evidente ad entrambi che non avrebbero trovato compromessi per il momento. Fu Sam a mettere fine allo stallo mettendole una mano dietro la nuca stringendola forte e baciandola come se gli fosse mancata e Reina dimenticò di essere in uno stato pietoso. Abbandonò la rabbia e la frustrazione e si lasciò andare a quella passione improvvisa, riprendendo appena un po' di fiato tra un bacio e l'altro.

«Dovrei farmi una doccia»

«Non dirmi queste cose mentre ti bacio»

Gli occhi di lui si accesero di desiderio e un gemito gli uscì dalla calda bocca, stava già cercando di infilarle le mani sotto la maglietta quando lei sorridendo lo spinse via.

«Sembri un adolescente in piena crisi ormonale, vado a prenderti una birra gelata così spegni il fuoco»

Lui le pizzicò la guancia sorridendo. Come era diventato spontaneo stare insieme, scherzare e ridere, era quasi normale. Anche se in loro niente lo era. Un'emozione nuova si stava facendo strada nel cuore dell'angelo, qualcosa che non aveva mai sentito in millenni di vita.

«Cosa volevano i tuoi fratelli l'altra sera di così urgente?»

Gli porse una birra scura ghiacciata, lui l'afferrò e con un colpo deciso aprì il tappo.

«C'è stato un picco di concentrazione demoniaca, ma anche in quel caso erano esseri giovani ed inesperti»

«Syra ha captato qualcosa del genere quando ci ha inviate lì stasera. Cosa pensate che sia?»

«Reclutano anime per aumentare il potere di Lucifero, supponiamo anche che lavorino con uno stregone potente, che ci impedisce di localizzarli»

Lilith scese le scale con i capelli ancora bagnati «Come se una foschia li avvolgesse?»

Lui la guardò annuendo e subito dopo Syra entrò dalla porta in maniera molto scenografica, come suo solito.

«Murthan lo stregone è ancora vivo, ho avuto una visione di quel bastardo che lavora per il re degli inferi» Il silenzio calò nella stanza «Le anime che prendono servono a dare forza al suo incantesimo per annebbiare le vostre percezioni. Infettano gli umani trasformandoli nei loro servi e quando muoiono creano altri demoni, vogliono Reina per poter scatenare il male su questa dimensione e poi cercheranno di passare a quella celeste»

Sam prese la mano della ragazza come se volesse trasmetterle tutto ciò che non poteva dire con le parole.

«Non sarà facile prendermi»

«Non permetterò che lo facciano» Sparì per pochissimi istanti e quando riapparve gli altri angeli erano con lui.

«Se non riusciamo a percepirli non possiamo fermarli»

«È probabile che stiano organizzando un attacco a sorpresa»

Lilith si sedette sul divano estremamente preoccupata «Non capisco. Reina non ha mai vacillato, il suo animo non è malvagio e il suo potere è ancora vincolato, non avrebbero dovuto percepirla così bene»

«Infatti fino ad ora hanno agito nell'ombra sono stata io ad attaccarli, mentre loro aspettano il momento giusto per colpire»

Syra la guardò intensamente «Lucifero sta aspettando il momento giusto per catturarti, vuole sottometterti in modo che tu gli ceda il potere e poiché parte di lui è in te nessuno potrà interferire con le tue scelte. Il demonio non rischierà di perderlo di nuovo, come ha fatto con Ella»

Gli occhi di Mikael e di Lilith si incontrarono per un breve momento di intimo dolore. La loro unica e preziosa figlia non era sopravvissuta all'attacco dell'esercito infernale, ma non avrebbero permesso che Reina facesse la stessa fine. Quei dannati demoni che avevano distrutto le loro vite secoli prima, stavolta li avrebbero trovati preparati e soprattutto uniti.

La notte passò in fretta per Reina, tra i ricordi d'infanzia e i visi per molto tempo dimenticati. Lilith le aveva raccontato che le sirene erano state fondamentali, l'avevano salvata e protetta senza badare ai rischi che correvano. Doveva provare a sdebitarsi o per lo meno ringraziarle, così all'alba saltò giù dal letto e dopo essersi lavata e vestita con jeans e canotta nera uscì di casa, l'aria fuori era così profumata da inebriarla. Con le chiavi della sua Jeep nera lucida in mano, aprì il garage e montò in macchina avviandosi per la strada che ormai ricordava. Avrebbe potuto chiedere a Syra di aprire un varco per lei, ma decise che la solitudine durante il tragitto le avrebbe chiarito le idee su tutte le novità che stava affrontando e soprattutto sui nuovi pericoli all'orizzonte.

Doveva arrivare fino al limite delle pendici della montagna, da lì avrebbe proseguito a piedi percorrendo un sentiero che attraversava la parte più fitta e angusta della foresta. Pochi istanti dopo avvertì un leggero spostamento d'aria, non ebbe bisogno di girarsi per sapere che Sam era seduto sul sedile del passeggero.

«Ciao piccola»

Le sorrise stiracchiando le braccia in avanti, poi abbassò un po' lo schienale e si mise comodo divaricando le ginocchia, anche in quell'abitacolo così spazioso lui sembrava enorme. A quei movimenti il tessuto della maglia verde che indossava si tese, aderendo perfettamente ai muscoli. *Che corpo!* Lei non aveva altra scelta che fissarlo.

«Vuoi tornare a guardare la strada o continui a spogliarmi con gli occhi ancora un po'?»

Sfacciato. Reina puntò lo sguardo davanti a sé, con il viso tutto rosso e diede ancora più gas.

«Dove andiamo?»

Lo guardò cupa «Vado al varco più vicino che mi porterà alla grotta delle sirene e torno a ripeterti che non ho bisogno di una scorta, non devi seguirmi ovunque, sei davvero irritante»

Il tono della sua voce era acido, ma non sembrò turbarlo minimamente. Sam le passò le lunghe dita sul braccio disteso verso il cambio dell'auto, era un tocco così delicato da farla rabbrividire.

«Avevo solo voglia di vederti»

Quel furbone di un angelo sapeva che la reazione della donna al suo tocco sarebbe stata così immediata da far sparire ogni traccia di rabbia, facendola sciogliere subito.

«Sei così morbida»

Si avvicinò al collo di Reina posando dei piccoli baci lungo la spalla. Improvvisamente l'auto sembrava troppo piccola per contenere abbastanza ossigeno, Reina serrò le labbra frustrata, anche se il suo unico desiderio era fermare quella dannata Jeep e buttarsi addosso all'angelo, si costrinse però a continuare a guidare senza dargliela vinta.

«Vedi di stare al tuo posto, potrei finire fuori strada o investire qualche povero innocente»

«Sei un'immortale ultracentenaria e per così poco ti distrai alla guida?»

Alzò un sopracciglio con fare impertinente e Reina lo trovò infinitamente sexy, scoppiarono a ridere entrambi e venti lunghissimi minuti dopo, parcheggiarono l'auto in una radura sotto dei salici così che rimanesse nascosta alla vista e poter raggiungere indisturbati il varco. Durante il tragitto Reina aveva messo la musica a volume altissimo sperando di nascondere il tumultuoso battito del suo cuore, la vicinanza di quell'uomo le dava alla testa.

«Adesso guido io»

L'angelo le prese la mano e se la portò al cuore. Le sembrò un gesto così dolce e intimo che rimase incantata a guardarlo da sotto le lunghe ciglia nere, Sam la strinse passandole un braccio dietro la schiena indugiando con le dita sulla piccola porzione di pelle scoperta, troppo velocemente però si ritrovarono davanti alla grotta.

«Perché solo voi angeli avete il potere di smaterializzarvi?»

Sam le sorrise «Là dentro questo potere non funziona. Nessun potere e nessuna magia può essere praticata nel luogo sacro delle sirene, a meno che non siano loro stesse ad autorizzarne l'uso»

Reina recepì l'informazione con gioia, almeno nessun incantesimo demoniaco poteva nuocere alle sirene o a quel luogo. L'entrata era meravigliosa e imponente, luccicante di molte sfumature di blu e immersa nella natura, Reina inspirò profondamente e poi entrò. L'odore e i colori le erano familiari, come anche l'umidità sulla pelle, inoltrandosi nella grotta di tanto in tanto si fermava ad osservare i magici giochi di forme e colori sulle pareti, sfiorandole per capire se fossero reali o meno.

Scesero per una lunga e ripida scalinata che finiva nell'acqua, proseguendo con i piedi immersi fino alle caviglie e addentrandosi ancora di più nella grotta, fino ad arrivare in quella che doveva essere la stanza centrale piena di zaffiri e altre pietre blu cobalto.

«Ne è passato di tempo Figlia dell'Oscurità»

Riconobbe quella voce e non le diede fastidio che l'avesse chiamata come aveva già fatto il demone del fuoco. Altre due voci ammalianti riempirono la grotta.

«Sei diventata forte e molto bella»

«Cosa ti porta di nuovo qui da noi?»

Reina fece diversi passi in avanti, i cristalli sulle pareti e sul soffitto riflettevano una meravigliosa luce, anche se quel posto era così inoltrato nel sottoterra che non avrebbe dovuto vedere neanche la punta del suo naso. Capì che si trattava del potere delle sirene.

«Sono venuta a ringraziarvi per tutto quello che avete fatto per me, anche se so di essere in ritardo. Vi offro la mia immensa gratitudine e i miei servigi qualora ne aveste bisogno»

Una donna le si avvicinò «Il tuo cuore è buono Reina, lo abbiamo sempre saputo»

Aveva i capelli biondi con riflessi dorati, ricordò che si chiamava Eléna, sembrava una delicata bambola di porcellana ma irradiava forza, gioia e vitalità.

«Siamo felici di rivederti Reina»

Anche le altre vennero avanti e finalmente ebbe modo di osservarle. Una aveva i capelli blu notte, era formosa e dai tratti esotici, era Haifa. La sua pelle emanava un profumo tropicale di pura lussuria, era stata lei a salvarla quando precipitò dalla rupe secoli prima. L'ultima sirena aveva i capelli ramati come quelli di Calime, Kanam. Energia fortissima trasudava dal suo corpo, era la più potente delle tre.

Tutte avevano gli stessi occhi cristallini con un riflesso cangiante, loro erano sirene di razza pura, meravigliose con i loro corpi sinuosi e sensuali, era logico che tutti gli uomini si prostrassero di fronte a tanta bellezza e a tanto potere. A quel pensiero il suo stomaco si contorse per l'ansia. Si voltò leggermente per osservare Sam e spiare le sue reazioni di fronte a quelle donne straordinarie, ma gli occhi dell'angelo erano puntati solo su di lei. Le fece un sorrisino compiaciuto, quasi avesse capito cosa stesse pensando. La sirena con i capelli scuri si avvicinò a lui.

«Perché la segui Samael?»

L'angelo si voltò verso di lei con deferenza «Haifa, ti trovo bene»

Si conoscono? Lei gli stava sorridendo, ed era così dolce che anche Reina fece fatica a distogliere lo sguardo.

«Non mi hai ancora risposto angelo»

Haifa posò la sua delicata mano sul cuore di Sam, dove prima si era poggiata quella di Reina che si sentì invadere da un'oscura sensazione, come se un liquido infuocato le passasse nelle vene. *È mio!*

«Lei è importante»

Per me, quelle ultime due parole rimasero sospese, mentre la sirena si girava verso le sue sorelle scambiandosi luccicanti occhiate di intesa.

«Reina sappiamo quanto ti sei impegnata in tutti questi secoli per combattere la tua battaglia»

«Che è anche la nostra battaglia» rispose un'altra.

«Ma c'è ancora moltissima strada che devi fare, nulla sarà semplice d'ora in avanti e presto ti troverai ad affrontare le tenebre più profonde, quelle della tua anima»

Le tre sorelle si avvicinarono l'una all'altra «Se ci servirà il tuo aiuto lo saprai, adesso dobbiamo andare l'Oceano ci reclama»

Kanam le accarezzò delicatamente il viso, il suo sguardo era amorevole e al contempo triste.

«Somigli così tanto al mio Evandrus» Si allontanò da lei dandole un'ultima occhiata «Non aver paura di dominare l'oscurità che è in te, ricorda che nel tuo cuore c'è anche la luce»

Li congedarono così e sparirono nell'acqua.

Reina e Sam risalirono la scala in fretta, ritrovandosi a metà strada dall'ingresso della grotta. L'umore della donna era cambiato drasticamente, non osservava nemmeno più le fantasie cobalto che la circondavano, che con i loro giochi di luce sembravano voler richiamare la sua attenzione. Da quando le sirene li avevano lasciati da soli, erano stati avvolti da un silenzio carico di tensione.

«Non vuoi fermarti ad ammirare questo meraviglioso posto?»

Lei gli lanciò uno sguardo stizzito «Preferisco affrettarmi. Non vorrei tornare alla radura e scoprire che dei balordi mi hanno rubato la macchina»

L'angelo le bloccò la strada «È la scusa più ridicola che abbia mai sentito, che succede?»

Reina lo aggirò frettolosamente continuando a camminare, era infastidita dal modo in cui la sirena aveva parlato al suo angelo e quando poi lo aveva toccato qualcosa dentro di lei era scattato in modo furioso. *Un momento il mio angelo? Sono davvero fuori di testa.* Arrivarono quasi all'uscita della splendida grotta, quando Sam l'afferrò per il braccio costringendola a guardarlo.

«Parlami»

«Non ho niente da dirti, dobbiamo andarcene»

Ma lui la teneva stretta in modo che non potesse scappargli. D'istinto Reina posò lo sguardo sul suo petto e ne inspirò il profumo che era misto a quello dell'Oceano, Sam la sentì irrigidirsi e allora capì che cosa le stava accadendo. Sulle sue labbra affiorò il solito ghigno maschile e seducente.

«Sei gelosa?»

«Non dire stupidaggini» bruscamente Reina si staccò da lui facendolo sorridere ancora di più.

«Haifa è solo una vecchia amica, nel corso della nostra lunga vita noi angeli abbiamo avuto bisogno di supporto nella lotta. Le sirene e le streghe, come anche gli Elfi e molte altre creature ci hanno aiutati sempre»

Questo purtroppo per lui non la calmò, qui si stava parlando di donne eteree dalla bellezza mozzafiato in grado di far capitolare chiunque; mentre lei era solo una donna problematica, senza alcuna consapevolezza sessuale e probabilmente mezza demoniaca. Di certo non poteva reggere il confronto, non conosceva l'arte dell'amore ma solo quella della guerra. Cosa avrebbe mai potuto dare a quel magnifico esemplare di maschio con cui altre non lo avessero già deliziato?

«Reina» ancora una volta sembrava che Sam seguisse il filo dei suoi pensieri, così le prese il viso tra le mani e appoggiò la fronte alla sua «Per me non ci sarà mai una donna più bella e sensuale di te, non ti accorgi dell'effetto che mi fai?»

Subito la strinse maliziosamente per farle sentire la potenza della sua erezione e i timori di Reina furono spazzati via dalla consapevolezza del desiderio di entrambi. Sam si chinò per baciarla e le dita di Reina si infilarono fra i suoi capelli morbidi senza rendersene conto. Era come se i sensi non rispondessero più al cervello ma solo all'estasi del momento, più la stringeva e più lei desiderava che lo facesse. Le loro bocche si muovevano bramose, danzando sulla musica plasmata dai respiri. Inaspettatamente Reina sentì uno strano languore farsi strada dentro di lei.

«Vorrei avere la sensibilità e la gentilezza di Rafael, o saper usare le parole come Ariel per farti capire ciò che provo. È tutto così strano Reina, non riesco a comprendere ciò che sento e mi fa paura come lo fa a te»

«Neanche io sono un granché con le parole e non vorrei che tu somigliassi a nessuno dei tuoi fratelli. Ti voglio così come sei angelo»

Sam iniziò ad accarezzarla mentre le baciava il collo per poi scendere lungo la scollatura della maglietta, passando la mano sul suo seno e avvertendo i capezzoli indurirsi sotto il suo tocco.

«Questo mi piace piccola»

Lei sorrise mentre lui le tirava piano quel piccolo bocciolo attraverso la stoffa e la faceva girare stringendola ancora di più, premendo la sua erezione contro quel sedere alto che lo faceva impazzire. Con una mano sulla sua gola le fece voltare la testa di lato per continuare a divorarle la bocca, afferrandole un seno con la mano a coppa e strizzandolo per farla bagnare di più, i dolci gemiti di lei tra le sue labbra lo mandavano in estasi.

«Anche questo mi piace»

Oh santo cielo, le sussurrava all'orecchio parole dolcissime e piene di desiderio, Reina doveva liberarsi dalla tensione che si stava accumulando, e anche se non sapeva bene cosa fare era certa di volere lui.

«Sam io...»

Perdersi in quegli occhi verdi che imploravano il piacere fu troppo per l'angelo. Samael agì velocemente aprendo il bottone dei suoi jeans e insinuando le dita sotto il pizzo delle mutandine, ansimarono entrambi per quel contatto. Le dita di Sam erano fredde sulla carne calda di Reina, dolcemente la sfiorò finché lei non si abituò al suo tocco, poi indugiò più in basso e il nettare della sua donna gli scivolò tra le dita.

«Ah, Reina amore mio»

Sentendo quelle parole il controllo della ragazza svanì. Iniziò a muoversi dondolando avanti e indietro il bacino assecondando il tocco dell'angelo che si era fatto più ritmico e profondo. Era meraviglioso, un piacere troppo grande da contenere, istintivamente sollevò indietro le braccia aggrappandosi alla nuca di Sam, tirandogli i capelli quasi volesse strapparglieli e senza rendersene conto urlò il suo nome quando sentì esplodere il piacere. La tensione accumulata nel basso ventre si diffuse in ogni terminazione nervosa del suo corpo mentre lui continuava a baciarla.

Reina riaprì gli occhi ancora in preda ai postumi di quel potente orgasmo, con le ginocchia tremanti e le pupille che brillavano di eccitazione. Il suo angelo la stringeva tra le braccia dopo averle risistemato la maglietta e riallacciato i jeans. Aveva i lineamenti tesi e la mascella contratta, ovviamente era ancora ferocemente eccitato, ma Reina era sicura di volere che godesse anche lui per mano sua. Voleva che perdesse il controllo come era successo a lei, voleva sentire il ruggito del suo piacere.

«Sam»

«Dimmi amore»

La baciò con tenerezza, chiamandola amore, non era stata un'allucinazione creata dalla bramosia e il cuore di Reina sussultò per la felicità. Nella sua vita aveva eviscerato e decapitato migliaia di mostri senza battere ciglio e le sue mani non avevano mai tremato come in quel momento. Impacciata cercò di aprirgli la patta dei pantaloni e lo vide socchiudere gli occhi. Il suo tocco gli procurava l'estasi dei sensi e il dolce dolore della frustrazione. Quando posò la mano sul suo membro ancora al sicuro nei pantaloni, quegli occhi blu si fissarono nei suoi, lo sentì trattenere il respiro prima che le bloccasse le mani.

«Non farlo» Il suo sguardo era come tormentato dal desiderio e dall'indecisione.

«Io voglio darti piacere come hai fatto tu con me. Voglio che godiamo entrambi»

Adesso l'angelo sorrideva, rideva di lei e della sua inesperienza «Reina sentire le tue mani e la tua bocca su di me, è l'unica cosa che desidero»

La mia bocca? Reina deglutì al solo pensiero.

«Se adesso tu fai quello che hai in mente io non potrò fermarmi. Voglio assaggiare ogni centimetro della tua pelle dorata e non sarei capace di trattenermi, ti prenderei qui in questa grotta umida per quanto meravigliosa» Samael frustrato si passò entrambe le mani sui capelli «Credimi piccola per come sono eccitato, non saprei essere gentile. Io... voglio essere migliore per te»

Reina fu sconvolta dalla profondità dei suoi sentimenti e della sua passione, credeva a quelle parole dette in modo così trasparente da colpirla fin dentro l'anima e con occhi brillanti di malizia si sollevò sulle punte gettandogli le braccia al collo. Si baciarono mentre uscivano dalla grotta e anche quando lui li trasportò alla macchina.

«Allora mio sensuale angelo dovremmo trovare un posto più asciutto»

«Ti porterò ovunque desideri e ti giuro che ti renderò felice e che farò vibrare il tuo corpo con tanti di quegli orgasmi che mi implorerai di smettere»

Reina ridacchiava felice contro le sue labbra, era in fibrillazione all'idea di ritrovarsi in un letto con lui e per la sua promessa di piaceri incredibili, ma se Sam avesse continuato ad infiammare il suo corpo in quel modo lo avrebbe convinto a prenderla lì contro lo sportello della Jeep.

Fu in quel momento che avvertirono la negatività dell'energia intorno. Ebbero appena il tempo di materializzare le spade che due demoni caricarono verso di loro con la potenza delle corna, riuscirono a scansarsi quel tanto che bastava per farli scontrare con l'auto e finirli con le loro spade. Entrambi si concentrarono acuendo i sensi per captare la presenza di altre creature. C'era un gruppo di demoni che avanzava verso di loro, quasi tutti giovani e di sicuro non pronti a scontrarsi con la loro forza.

«Perché mai mandare delle creature inesperte contro di noi?»

«Quello che mi preoccupa di più è che si siano avvicinati tanto senza che li percepissimo»

«Murthan!»

Era la magia druidica dello stregone che ne celava la presenza. Improvvisamente i demoni si fermarono accerchiandoli. L'angelo li scrutò uno ad uno, nessuno di loro era velenoso, c'era qualcosa di strano in quella situazione avvertiva la loro ostilità ma nessuno attaccava. *È una trappola!* Dei mostri rettiliani si lanciarono contro di loro a mani nude, erano noti per la loro forza distruttrice poiché la presa delle loro braccia era stritolante. Sam li schivò velocemente riapparendo dietro uno di loro e colpendolo a morte, Reina si occupò di mozzare un braccio all'altro demone prima di assestargli un potente calcio che lo rimandò indietro, con un balzo la sua spada fu sul collo della creatura e con un unico fendente lo decapitò. Gli altri si avvicinavano stringendo il cerchio intorno a loro.

«Questi sono miei, tu prendi gli altri»

Lo sguardo di Reina era più determinato che mai, mentre si lanciava in un altro corpo a corpo. Per niente sorpreso da quella decisione Sam la assecondò, il potere e la forza fisica della sua donna erano immensi. *La mia donna.* Si, sarebbe stata sua molto presto.

I demoni attaccarono tutti insieme armati di spade e pugnali, Sam schivò un colpo alla gamba e il pugnale del demone volando via per il contraccolpo, lasciò nell'aria una scia putrida. I pensieri dell'angelo andarono subito a Reina, li avevano accerchiati di proposito sapendo che sarebbero arrivati allo scontro fisico ravvicinato e non essendo demoni velenosi avevano ingegnosamente impregnato le loro armi con una miscela di veleno e magia.

«Le loro lame sono avvelenate Reina, non farti colpire»

La ragazza aveva già abbattuto due di loro e prima che potesse arrivare a fronteggiare l'ultimo, diversi altri demoni tra cui uno alato si lanciarono su di loro. Il più anziano del gruppo caricò dritto su Reina colpendola al braccio e alla spalla mentre lei massacrava due dei suoi subalterni. Sam girò su se stesso colpendolo alle gambe. I mostri caddero sotto le loro lame uno dopo l'altro.

Né Sam, né Reina percepivano la presenza di altri demoni nei paraggi, ma l'istinto di entrambi non aveva smesso di tenerli allerta. Lo scontro era stato brutale, ma quegli esseri non avrebbero potuto competere con la loro forza, erano stati solo uno specchietto per qualcosa di più grande.

«È stato troppo facile»

12

La Jeep di Reina ormai era distrutta, quindi non restava altro da fare che ripulire la zona e andarsene, ma Sam si accorse che qualcosa non andava. Mentre raggruppavano i cadaveri dei mostri per dargli fuoco e bonificare la zona, Reina sudava freddo. L'angelo la portò via proprio mentre la ragazza perdeva i sensi, materializzandosi a casa di Lilith con Reina in braccio, la lupa li raggiunse con uno scatto così veloce che per poco non gli finì addosso.

«Cos'è successo?» Reina era pallida e respirava affannosamente.

«Un gruppo di demoni ci ha attaccati e sono sicuro che le loro armi fossero contaminate da qualche sostanza»

«Portala di sopra e chiama Rafael io prendo degli asciugamani puliti»

Sam adagiò la giovane sulle lenzuola di lino chiaro. *Come ho potuto permettere che le facessero del male?*

«Fratello»

«Rafael non so con cosa l'hanno infettata»

L'angelo guaritore poggio le mani sul cuore della donna rilasciando la sua luce, i pochi tagli che aveva subito si rimarginarono ma lei non riprese conoscenza, anzi sembrava soffrire ancora di più. Rafael insieme a Sam le esaminarono le braccia e le gambe in cerca di lacerazioni più profonde o particolari, trovandone una sulla spalla che pur non essendo grave non si era risanata del tutto.

«Perché non guarisce?» Lilith prese la mano di Reina tra le sue, era gelata e piuttosto rigida.

«Qualcosa blocca la guarigione, non è semplice veleno» l'espressione di Rafael divenne impenetrabile «Il mio potere la sta logorando ancora di più, non posso guarirla»

In silenzio anche gli altri angeli li avevano raggiunti. Reina iniziò a contorcersi per il dolore, spasmi e convulsioni tormentavano il suo corpo, teneva gli occhi serrati e la temperatura del suo corpo si era alzata vertiginosamente.

Lilith ebbe un flash back di secoli prima, quando aveva visto per giorni Ella e Syra prendersi cura di Evandrus e di suo figlio. Sgranò gli occhi scioccata «È posseduta!»

Sam si girò a guardarla «Non può essere»

«Si invece, di solito durante la possessione il demone prende il controllo del corpo e della mente della vittima deteriorandone il fisico man mano che lo usa a suo piacimento, e quando lo abbandona questo il più delle volte muore dopo atroci tormenti. Su Reina gli effetti sono come amplificati»

«Che lupa furba»

La voce proveniva da Reina ma non era la sua. La ragazza si mise a sedere sul letto in modo innaturale e quando spalancò gli occhi non erano verdi ma gialli.

«Lucifero» dissero all'unisono.

«Bene, bene. È una rimpatriata questa?»

Samael gli inveì contro con rabbia «Esci dal suo corpo bastardo!»

Il demone rise con le fattezze della sua donna «Uscire da questo corpo dici? Non credo proprio» passò le mani sul seno della donna fino a scendere sulle cosce «È magnifica, ora capisco perché ti piace tanto Samael. Quello che non capisco è perché tu non l'abbia ancora presa, la stai preservando per me fratello?»

Sam tremava per la collera che gli percorreva ogni fibra del corpo ma non poteva colpire Reina.

«Lasciala andare ignobile bastardo lei non sarà mai tua» Lilith si mise a cavalcioni su di lei stringendole le mani al collo, ma Ariel la bloccò trascinandola verso un angolo della stanza.

«Lei è già mia! Lei è nata mia!»

Urlò con voce crudele quella verità e per Sam fu come un pugno allo stomaco. Strinse le braccia intorno a lei più forte che poteva mentre il demone dentro la donna si dibatteva per spingerlo via. Inspiegabilmente Lucifero non aveva il totale controllo del corpo della ragazza. Durante la possessione l'anima dell'ospite non riusciva a combattere l'immensa forza del demonio, ma Reina non gli avrebbe mai ceduto il controllo.

«Per quanto tu possa essere forte Lucifero, il legame tra Reina e me lo è molto di più. Lei non mi farà del male e tornerà da me, percepisco che sta già lottando e lo farà sempre»

Quelle parole sembrarono scalfire la sicurezza del signore degli inferi, che con fredda calma riprese a parlare «Hai ragione Samael lei ti ama, farebbe di tutto per te» Un perfido ghigno si disegnò sul suo volto.

Mikael afferrò Lilith sfilandole il pugnale che teneva sempre nello stivale, con cui si intagliò il palmo e lo stesso fece con quello della lupa, poi unì le loro mani mescolando le loro essenze. Saltò sul letto parandosi di fronte a Reina e premette la mano intrisa del loro sangue sulla ferita aperta della ragazza.

«Sei parte della nostra carne, nata dalla nostra discendenza e il nostro sangue ti risanerà. Demone il tuo animo malevolo non potrà competere con la purezza del mio sangue e con la forza di quello di Lilith»

Lucifero esplose in un urlo straziante di odio e dolore, la ferita si rimarginò all'istante mentre nel corpo della donna il demone urlava e si contorceva finché tra le braccia di Sam rimase solo la sua Reina.

«Fa male» La sua voce era poco più di un sussurro, il suo corpo stanco scosso da continui tremori si afflosciò.

«Lo so piccola passerà presto. Adesso dormi, io non ti lascio»

Per vari giorni Reina rimase incosciente e dibattendosi, urlando nel sonno più volte, la febbre scendeva per poi risalire di nuovo e il suo fisico era sempre più provato. Sam era rimasto con lei tutto il tempo, facendosi dare il cambio da Lilith o Syra per il tempo necessario ad assolvere ai suoi compiti di angelo. Quando uscì dalla porta dando alla lupa il tempo di stare un po' con Reina, trovò Ariel fuori dalla camera chiaramente turbato.

«Dimmi che sta bene» l'angelo dagli occhi ambrati abbassò lo sguardo e Sam lo strattonò «Dimmelo e basta»

«Lui le sta facendo vedere la nostra morte. Vuole spezzare il vostro legame, e sta facendo di tutto per convincerla che se non si unisce a lui ci ammazzerà tutti, bombardando la sua mente con immagini dei nostri corpi straziati, di te mutilato e sbranato dai suoi segugi infernali. Le fa rivivere le torture a tutti coloro che l'hanno amata, ai suoi genitori e alle sue povere sorelle. Credimi fratello la crudeltà che sta scatenando contro di lei non ha paragoni»

L'angelo della giustizia vacillò e dovette appoggiarsi alla parete dietro di lui «Lo ammazzerò!» Una luce assassina gli scintillò negli occhi.

«Sai che non puoi farlo Samael»

«Non resterò qui impotente a vederla soffrire»

Si stava già muovendo quando Ariel lo inchiodò al muro «Ascoltami bene, il tuo posto è qui accanto a lei non puoi lasciarla lottare da sola, lei ha bisogno di te, quindi devi essere forte e non perdere il controllo»

«Io non sono in grado di aiutarla»

«Fratello hai sempre creduto di essere il peggiore di noi dato che la giustizia, la ragione e la razionalità viaggiano sul filo appena visibile che c'è tra il buio e la luce. L'unica cosa che devi fare è ascoltare il tuo cuore e non arrenderti, devi solo amarla e non perdere la fede perché lei sta lottando per tornare indietro da te. Glielo devi»

Ariel lo strinse in un abbraccio fraterno e confortante, avvertendo tutto il dolore e il senso di impotenza di Samael, che ricambiando la stretta capì di dover seguire i suoi consigli, così si concentrò per raccogliere i pensieri e le speranze.

«Padre ti prego, ti imploro di aiutarla, lei è l'unica ragione della mia esistenza»

La notte successiva la febbre sparì, il sonno della ragazza divenne calmo, niente più urla e convulsioni. Sam ascoltava il respiro della sua donna divenire regolare mentre il suo viso riprendeva colore lentamente, allora gettò la testa indietro e con le lacrime agli occhi ringraziò il cielo per averlo ascoltato.

Alle prime luci dell'alba Reina riuscì ad alzarsi dal letto, Lilith dormiva sulla poltrona accanto a lei e si svegliò di soprassalto.

«Tesoro finalmente» La lupa aveva le lacrime agli occhi mentre l'abbracciava forte.

«Non piangere Lily, sono tornata»

Sam apparve davanti a loro e anche se stava in silenzio i profondi occhi blu cerchiati dalle occhiaie dicevano tutto, allargò le braccia e Reina vi si fiondò in mezzo. In quella profonda incoscienza lo aveva visto morire così tante volte e così atrocemente che toccarlo le sembrava un sogno. Nascose il viso bagnato nel petto del suo Samael, inspirandone il profumo intenso.

«Sono qui con te»

Quelle parole le fecero tremare il cuore, non aveva più dubbi che quell'uomo le appartenesse, ed era certa di amarlo.

Pur non essendosi ancora ripresa totalmente dalla possessione Reina si costrinse a scendere al piano di sotto e pranzare insieme agli altri. Quando qualche ora prima si era svegliata, aveva avuto la sensazione di essere ancora dentro quegli incubi, di sentire le urla atroci di tutti coloro che adesso le stavano davanti. In quelle visioni istigate morivano tutti, uno dopo l'altro e lei non poteva farci niente. Vederli adesso lì intorno al tavolo come se non aspettassero altro che lei si unisse al gruppo, le fece venire un tuffo al cuore.

Con il passare dei giorni Reina si ristabiliva ma il suo istinto la teneva sempre all'erta e i suoi occhi vagavano costantemente in cerca del pericolo in agguato, aveva chiuso la mente per evitare qualsiasi intrusione esterna nei suoi pensieri sempre più oscuri, di questo Ariel era molto preoccupato, così le si avvicinò con dolcezza posandole le mani sulle spalle.

«È tutto nella tua testa piccola, non è reale»

Lei lo ascoltava senza dire una parola, tutto ciò che Lucifero le aveva mostrato era un marchio indelebile nella sua mente.

«Noi siamo tutti qui, vivi, non devi cedere ai suoi ricatti»

«Era così reale Ariel, ho assistito impotente alle torture che vi infliggevano, alle vostre morti. Sentivo l'odore del sangue, della paura, tutto il dolore che vi tormentava»

L'angelo la strinse tra le braccia, era così delicata che il suo cuore pianse per lei «Fammi entrare nella tua mente, lascia che io ti dimostri che era solo una crudele illusione»

Reina scosse la testa e si liberò del suo abbraccio. Ariel non doveva intercettare i suoi pensieri, non adesso che aveva deciso di agire per prima. Doveva trovare quel bastardo del fratellastro e ucciderlo lentamente.

Non li lascerò vincere, per colpa mia non morirà nessuno. Dopo Jonhas sarà il turno di Lucifero. Se quel potere che porto dentro è tanto forte da consentirmi di aprire i cancelli degli Inferi, sarà anche capace di poterli sigillare per sempre.

Non poteva permettere che gli angeli scoprissero ciò che aveva in mente, l'avrebbero fermata e si sarebbero fatti uccidere per lei, doveva agire in fretta ed evitare che gli altri la seguissero bloccando il suo piano per trovare e uccidere Jonhas.

Quella stessa notte approfittando del fatto che Sam e gli altri angeli erano in giro a rispondere alle richieste d'aiuto e Lilith era crollata dal sonno, salì sulla sua Maserati e partì dirigendosi a nord. Nonostante le sue fossero state solo delle visioni, aveva percepito l'energia di ogni demone che le era apparso e quasi tutte si concentravano in quella direzione, probabilmente le avrebbero teso una trappola ma da sola avrebbe avuto la possibilità di avvicinarsi ai nemici senza temere troppo per la propria vita.

D'altronde per raggiungere i suoi scopi il demonio la voleva viva.

Reina viaggiava lungo la strada deserta e dall'energia che percepiva era sempre più sicura di essere nella direzione giusta. Quelle poche case che aveva incontrato lungo il cammino erano cosparse dell'alone della morte, neanche gli animali erano sopravvissuti al passaggio dei demoni. Un attimo dopo la sua auto fu colpita da una bomba di fuoco arrivata da destra. *Maledetto Murthan e il suo incantesimo.*

La donna squarciò il tetto con la spada prima che le fiamme facessero esplodere tutto, appena uscita dal veicolo tre demoni le si lanciarono addosso come bisonti e le ferirono la schiena, riuscì a ucciderli ma il dolore era lancinante, si tastò la ferita e fu sicura che quelli erano esseri velenosi. Era circondata da dozzine di creature infernali. Concentrando la sua furia caricò i mostri. Fu ferita più volte ma continuava a mietere teste senza controllo, sapeva che il suo potere stava prendendo il sopravvento e a causa del veleno le forze la stavano abbandonando. Avrebbe potuto provare a scappare o cercare un rifugio temporaneo, ma qualcosa oltre al veleno glielo impediva, la sua mente non era più lucida e sentiva un ronzio fortissimo alle orecchie.

Con la poca energia che le rimaneva in corpo ne cercò la fonte, e su una collinetta poco distante vide lo stregone con le mani protese nella sua direzione. Un demone le infilzò gli artigli nella coscia e con la spada lei lo tagliò in due, continuò a combattere anche quando cadde in ginocchio, non c'era tempo per pensare doveva solo ucciderne il più possibile, sentiva il rimbombo del suo cuore affaticato nel petto, mentre la coltre di nebbia si faceva sempre più fitta come se volesse inghiottirla. Subì altri potenti colpi e poi il buio la prevalse.

Intanto l'oscuro presentimento di Samael diveniva sempre più reale.

«È passato troppo tempo»

«Dove diavolo è finita?»

Lilith e il suo branco avevano seguito la traccia della corsa in auto di Reina, ma poi la scia spariva nel punto in cui troppe direzioni si diramavano, poteva essere ovunque. Sam apparve davanti alla lupa.

«L'hai trovata?» lui scosse la testa.

«Syra sta cercando di localizzarla, ma l'incantesimo di occultamento che hanno usato è potente»

L'angelo la prese per mano e in un batter di ciglia si ritrovarono di fronte agli altri. Tutti tacevano segno che non avevano novità.

«Ariel potresti aiutare Syra con le visioni? Se riuscissi ad amplificare i suoi poteri mentali magari troveremo qualcosa» L'angelo non diede alla lupa il tempo di finire la frase che acconsentì.

«Andiamo allora»

Gli posò la mano sul braccio determinata a trovare risposte a tutte le loro domande. Trovarono la strega in piedi davanti a decine di candele e cristalli, Ariel diede un'occhiata in giro e fu folgorato da una splendida creatura con occhi cristallini e capelli color rame, stava seduta a terra con le gambe incrociate in un angolo della stanza, con davanti un'enorme bolla d'acqua che sospesa in aria girava lentamente. La donna era assorta nel suo compito, immergeva le dita nel liquido e poi le muoveva in cerchio, e quando sollevò lo sguardo sull'angelo anche lei lo fissò con stupore. Doveva essere la giovane sirena di cui parlavano sempre Reina e la lupa.

«Hai visto qualcosa Syra?» La voce della Lilith lo riportò sulla terra.

«Vedo solo frammenti di immagini in cui combatte contro un'orda di demoni inferocita, ma purtroppo non riesco a distinguere bene nulla, è come se un velo me lo impedisse»

«Forse io potrei aiutarti»

L'angelo si fece avanti e Syra gli permise di collegarsi alla sua mente. Ariel avvicinò i palmi alla testa della strega scoprendo che la sua mente era molto più forte di quello che pensava. Fino a quel momento Syra non aveva avuto visioni nitide ma solo brevi flash confusi; dunque Murthan era così forte da offuscare anche la mente di un essere così potente. Quando la connessione con l'angelo divenne tangibile, i loro occhi si illuminarono, l'oro ambrato di lui e l'argento liquido di lei si fusero come le loro menti.

«La vedo! Combatte ferocemente, ma loro le hanno scatenato un'ingente armata contro»

L'angelo mantenne il contatto scrutando lo sfondo delle visioni, la natura intorno, la conformazione delle rocce, riuscì persino a percepire il freddo dell'ambiente, poi apparve il viso di Jonhas e l'immagine sparì. Syra stava per cadere per lo sfinimento, non era abituata allo sforzo mentale così elevato.

«Hai capito dov'è?»

«Non con precisione ma sono sicuro di sapere dove dirigermi. Grazie»

Calime fu accanto a Syra sorreggendola e prima di sparire Ariel si concesse di osservare ancora una volta quella meravigliosa donna con lo sguardo luminoso.

Cercarono Reina in lungo e in largo nella zona che Ariel aveva riconosciuto dalla visione. Lilith aveva sparpagliato diversi branchi di lupi lungo le vallate e le montagne intorno, ma della sua cara Reina non c'era ancora traccia.

«Qui non c'è»

L'ululato profondo di un suo beta le fece drizzare le orecchie e chiamò tutti a raccolta. Quando si ritrovarono nel punto indicato dal lupo, videro ciò che restava della Maserati carbonizzata. Avevano buttato il rottame giù per una scarpata.

«Santo cielo»

Decine di cadaveri di demoni erano riversati lì intorno e c'era sangue ovunque. Ariel si avvicinò ad un corpo, l'essere non era cosciente e il respiro stava per abbandonarlo, si intrufolò nella sua mente.

«L'hanno attaccata qui, non ha potuto percepirli per via dello stregone. È stata ferita diverse volte e cosa peggiore quel bastardo di Jonhas è con loro, l'ho anche visto nella visione di Syra. Adesso capisco perché mi aveva tenuto fuori dalla sua mente, il tempo che ha passato nell'incoscienza le è servito per avvicinarsi all'oscurità. Tutto ciò che ha visto l'ha condotta da Jonhas»

«Reina vuole ucciderlo e vendicarsi, sapeva che non avremmo permesso che lo facesse da sola. Voleva evitare che le torture nelle sue visioni si avverassero» Lilith era sempre più agitata «Sento che sono vicini e visto che noi siamo qui non potranno spostarla, rischierebbero di farsi trovare»

Anche l'angoscia di Samael cresceva ogni attimo di più «Se non riesco a percepirla non posso aiutarla. Perché non mi invoca? Perché?»

Strinse la testa tra le mani con forza accasciandosi a terra, Mikael si avvicinò a lui poggiandogli la mano sulla spalla.

«Forse non può fratello. Ariel ha detto che è stata ferita, il suo fisico non si era ancora ripreso del tutto dopo la possessione e se l'hanno avvelenata di nuovo con molta probabilità sarà incosciente»

Anche Ariel era d'accordo con lui «L'ho vista Sam, ha combattuto con tutte le forze. Ha la tua stessa caparbietà fratello non mi sorprende che siate legati»

Era da sola, non mi ha dato modo di proteggerla. Quel pensiero tormentava l'anima dell'angelo della giustizia come un fuoco che lo divorava dall'interno.

«Ho trovato qualcosa»

Rafael indicava delle chiazze di sangue a terra e Sam smise di respirare «È il sangue di Reina, dalla quantità direi che la ferita non dovrebbe essere profonda»

Gli occhi dell'angelo biondo incontrarono quelli di Sam che stava stringendo i denti così forte che lo stridio era udibile anche dai fratelli, Lilith si chinò ad annusare il sangue.

«Avevate ragione c'è del veleno»

«Dividiamoci»

Spalancarono le splendide ali e partirono in direzioni diverse, dovevano trovarla al più presto.

13

Reina riaprì lentamente gli occhi anche se le bruciavano, e quando riuscì a mettere a fuoco ciò che la circondava intravide dei cunicoli che si diramavano sul lato sinistro di ciò che le sembrava un antro scavato nella roccia. C'era un forte odore di terra bagnata e muffa intriso della puzza di zolfo, e fu quasi certa che si trattasse di una miniera abbandonata, dato che non percepiva recenti passaggi umani. Il suo corpo purtroppo non aveva ancora recuperato la forma ottimale dopo lo scherzetto di Lucifero e il solo movimento della testa le provocava un dolore fortissimo, *Maledetto veleno*. Qualcosa le bloccava i movimenti, le sue braccia e i suoi piedi erano immersi nella pietra di tufo come se questa l'avesse inghiottita.

«Ben svegliata sorellina»

Avrebbe riconosciuto quella dannata voce anche se fosse stata in coma «Muori bastardo»

«Non sono ancora pronto a lasciare questo mondo. Ho un lavoro da fare e al momento non posso portarti da lui perché quello stolto di uno stregone non ha abbastanza anime per estendere l'incantesimo. Comunque non preoccuparti, lui sarà presto qui»

Jonhas uscì dalla penombra, era proprio come Reina lo

ricordava nel giorno in cui aveva assassinato sua madre, anche se in lui adesso percepiva qualcosa di più macabro.

«Cosa ti ha promesso Lucifero di così importante da farti rinunciare a tutto? Non hai più un'anima e non hai neanche la libertà, sei solo uno dei suoi tanti burattini»

Uno schiaffo le colpì il volto già dolorante facendole sputare il sangue dalla bocca.

«Sai all'inizio volevo solo scappare da quello schifo di vita a cui i tuoi genitori mi avevano avviato, ma poi il mio Signore mi ha illuminato facendomi conoscere tutti i modi per far soffrire le persone, per essere più forte e avere più potere»

«Sei solo un miserabile. Mia madre ti ha accolto nella sua vita come fossi suo e per mio padre eri il figlio maschio che non aveva avuto»

«Sarei stato l'erede di un debole che non ha saputo difendere le sue figlie? Che ha fatto fuggire sua moglie permettendomi di ucciderla? Che ha cresciuto la figlia del demonio? Mai!»

Una risata gutturale e tenebrosa riempì l'aria, mentre la rabbia si faceva strada dentro Reina.

«Ti ucciderò con le mie mani mostro»

Jonhas le si avvicinò talmente tanto da farle sentire il suo alito sul viso «È curioso, sono le stesse parole di Evandrus quando mi ha sorpreso a violare e uccidere le sue preziose figlie»

Il cuore di Reina si spezzò, non poteva credere che fosse stato proprio lui l'autore di quella ferocia.

«No! Tu non puoi averlo fatto»

«Oh, si invece e sarebbe toccata a te la stessa fine se la lupa non si fosse messa in mezzo. Poi ti avrei consegnata al mio Signore»

Reina si divincolava ma la roccia la bloccava ferendole braccia e gambe «Ti strapperò via il cuore Jonhas» sputò quelle parole con rabbia e furore.

Quel mostro la guardava con occhi perversi «Le tue sorelle erano così impaurite, pure e fragili. È stato un gioco da ragazzi sai? Urlavano e mi imploravano di smetterla, di non fare loro del male»

Un altro strattone ma la roccia non si muoveva. Reina era in preda al dolore e al rimorso, sentiva l'oscurità crescere dentro di lei che la spingeva a strappargli via la testa a mani nude. Doveva vendicare quelle atrocità, doveva fare giustizia per la sua famiglia.

Giustizia? Sam. L'angelo le aveva sempre detto che niente era più forte di un'invocazione. Quindi prese fiato e urlò con tutta se stessa.

«Samael!»

Il sorriso di Jonhas sparì «È inutile che ti affanni, non può sentirti c'è un incantesimo di occultamento in questo luogo»

«Samael!»

Lei lo guardò con odio e la caverna per un attimo sembrò tremare. Lui doveva sentirla per forza perché stava urlando e invocando l'aiuto di un angelo, del suo angelo, del suo amore. Jonhas le tappò la bocca con le mani sbattendole la testa contro la roccia mentre una dozzina di demoni avanzava verso di loro per fare da scudo.

«Reina!»

Samael pronunciò il suo nome in un ruggito, era lontano dalla miniera quando udì l'invocazione disperata della sua donna. Ariel leggendo nella mente del fratello chiamò a raccolta tutti compresa Lilith. Pur non riuscendo ad avvertire il male intorno che era confuso dalla magia dello stregone, si precipitarono nella direzione indicata da Sam. Gli esseri infernali li attaccarono da più fronti ma ormai l'angelo della giustizia era scatenato, ruotava la spada di fuoco gridando e uccidendo tutti i mostri che incrociava, il suo unico pensiero era raggiungerla.

Dall'interno dei cunicoli, Reina sentì i rumori inconfondibili della battaglia «Mi ha sentita bastardo, sta venendo a prendermi» e più avvertiva che Sam si avvicinava a lei, più il suo potere cresceva.

«Allora morirete insieme» Jonhas la colpì con un pugno allo stomaco.

Intanto che gli angeli si battevano contro l'orda di demoni che cercava di bloccarli, Lilith in lontananza vide un uomo o meglio la versione malefica e cerea di un uomo e fu sicura che quello fosse Murthan. Attraversò la boscaglia che li separava, sbranando le creature che tentavano di bloccarla, Mikael al suo fianco le dava man forte e quando furono di fronte allo stregone, questo si distrasse dall'incantesimo di occultamento per concentrare il potere a difendere se stesso. Mikael gli si lanciò contro non appena vide che Lilith era in una buona posizione, Murthan lo intercettò colpendolo con la forza della sua energia, ma l'angelo era potente e riuscì ad incassare il colpo senza troppi danni, dando così alla lupa l'occasione di attaccare lo stregone. Murthan non ebbe il tempo di realizzare quello che stava accadendo che un enorme lupo nero dagli occhi rossi gli chiuse le fauci intorno al collo, dilaniandolo.

Samael in preda alla collera era riuscito ad arrivare all'ingresso della miniera coperto dai suoi due fratelli e corse giù per i passaggi sotterranei. Reina lo sentì arrivare prima ancora di vederlo, urlava il suo nome come se lei fosse il suo tesoro più prezioso e le vennero le lacrime agli occhi. Quando l'angelo le fu di fronte si fermò a guardarla un solo istante, nei suoi occhi blu turbinavano potere ed ira, la vide intrappolata dentro una roccia e piena di sangue e lividi. Un gruppo di creature enormi le si parava davanti come ultima barriera.

Iniziò una sanguinosa battaglia, mentre Jonhas si spostava nella parte più oscura della miniera, pronto con in mano la maledetta spada che aveva ucciso i suoi genitori. Reina non sapeva se il colpo di quella spada avrebbe segnato la morte dell'angelo, ma lo amava troppo e non voleva di certo aspettare per scoprirlo, non avrebbe pianto anche la sua perdita.

Si concentrò intensamente e trovò dentro di sé l'energia rimasta sopita per troppo tempo e diede libero sfogo al suo potere oscuro, sentendolo invadere ogni muscolo, ogni arteria, lo percepiva dentro le ossa e sotto la pelle che si tendeva. Quando fu pronta lo scagliò fuori dal suo corpo mandando la roccia in mille pezzi. Reina cadde a terra ruzzolando, ma non c'era tempo per esaminare le ferite così si rialzò in fretta e materializzò la spada correndo verso Jonhas. Il bastardo la vide arrivare e si scansò velocemente sfruttando la debolezza del corpo di Reina, ma lei non poteva cedere.

«Non era così che doveva andare, ma finalmente adesso potrò ucciderti ed eliminare l'ultimo pezzo del mio orrido passato»

Le loro lame si scontrarono con uno spaventoso fragore. Reina trasudava odio e risentimento mentre le immagini di secoli prima le passavano nella mente più nitide e reali che mai. Suo padre agonizzante con il corpo martoriato, le sue sorelle morte, sua madre assassinata a sangue freddo. La pelle le divenne più scura e gli occhi furono inghiottiti totalmente dal nero, l'ondata di oscurità avanzava dentro di lei prendendo il controllo, allora concentrò la nuova energia nella sua arma.

«Questo è per mio padre»

Il fendente gli trafisse lo stomaco e Jonhas si piegò, ma non cadde. Colpiva alla cieca cercando di affondare l'arma senza però raggiungere la donna. In qualche modo quel mostro riuscì a rialzarsi e con un colpo di gomito le spezzò alcune costole, Reina lo attaccò sferrandogli una ginocchiata alla mascella mandandolo a sbattere contro la parete di roccia, poi si librò verso l'alto abbassando sulla schiena del fratellastro la spada.

«Questo è per mia madre»

Estrasse l'arma dalla sua carne torcendola in maniera brutale e gli si mise di fronte. Jonhas sgranò gli occhi pieni di terrore «E questo infine è per le mie sorelle»

Reina gli affondò la mano nel petto strappandogli il cuore gettandolo a terra, era nero come aveva pensato, poi inclinò la spada per decapitare il bastardo.

La furia della battaglia le scorreva ancora nelle vene, ma non c'erano più nemici da abbattere, la donna non riusciva a distinguere altro che sangue, quello del suo nemico versato in nome di una vendetta compiuta, ma che le aveva portato via troppo, la sua stessa anima.

«Reina»

La voce di Lilith era vicina, si voltò per cercarla e vide che tutti gli angeli erano lì a fissarla. Samael a pochi metri da lei la guardava con un misto di preoccupazione e di orgoglio. Reina fece sparire la spada mentre si osservava le mani e il resto del corpo, le sue unghie erano simili ad artigli e il colore della sua pelle non era il consueto.

«Che mi succede?»

Sentì un fremito dietro di lei e voltando la testa si accorse che dalla sua schiena uscivano delle piume nere, erano ali piccole e brutte, non come quelle degli angeli. Le lacrime iniziarono a rigarle le guance e Sam le fu accanto accarezzandole il viso per calmarla.

«Hai liberato il potere» l'angelo l'abbracciò «Shhh, tranquilla amore, va tutto bene»

Ma Reina lo spinse via più forte di quanto avesse voluto, rinunciando al calore del suo corpo.

«Come puoi dirlo? Guardami sono un mostro!» *Il mio destino è segnato, sono tutto ciò che ho sempre odiato e combattuto.*

Lilith le assestò un potente schiaffo lasciandola senza parole, lo sguardo della donna che l'aveva cresciuta era infuocato.

«Ascoltami bene sciocca, sei potente ed hai la forza per controllare questo tuo lato, non sei un mostro»

Mikael si fece avanti «Portale via Samael, i demoni hanno detto che Lucifero è vicino ed ha ottenuto ciò che voleva da lei, ora le darà la caccia ancora di più»

L'angelo prese le donne per i polsi e si diresse a casa di Syra, le lasciò lì e sparì per ritornare dai fratelli.

«Reina» Calime si portò una mano alla bocca per coprire in qualche modo i singhiozzi di gioia nel rivederla viva e intera o quasi.

«Piccola mia sei salva»

Syra si protese per abbracciarla ma Reina si rifiutò, non sopportava che le persone che amava la vedessero in quello stato.

«Reina non ho paura di te, ti ho già vista così» tutte fissarono la strega, anche Lilith era incredula per ciò che aveva appena detto «Quando sei nata, sono stata la prima a vederti ed era questo il tuo aspetto, solo le ali ti mancavano. Eri forte e sana, ti ho avvolta in una coperta e non appena Evandrus ti ha presa in braccio sei diventata una bimba ancor più meravigliosa, perdendo queste tue sembianze»

Dunque era stato l'amore immenso di suo padre a cambiarla e adesso lo stesso amore proveniva da tutte le persone che le stavano accanto. Lasciandosi andare allo sconforto Reina andò incontro a Syra stringendola forte.

«Calmati adesso»

La strega accarezzava i capelli di Reina e quelle sue orribili ali fremettero, poco a poco le piume sparirono e la pelle riprese il suo colore dorato mentre gli artigli si ritiravano. Era di nuovo lei, i suoi occhi non erano più appannati stavano riprendendo il tono dello smeraldo.

Gli angeli intanto perlustrarono i dintorni della miniera, ma di Lucifero non c'era traccia, di sicuro qualche demone era riuscito ad avvisarlo dell'attacco e della disfatta del suo stregone e di Jonhas.

«Ripuliamo tutto e andiamocene»

Mikael si avvicinò a Samael «Vai da lei fratello ha bisogno di te»

«Io non ne sono così sicuro. Mi ha lasciato per combattere da sola non ha avuto fiducia in me, non mi ha dato la possibilità di aiutarla»

«Non avere dubbi Samael, Reina ha scatenato il suo potere per proteggerti, lei ti ama altrimenti non si sarebbe mai lasciata andare al suo lato oscuro. Sai bene che non è nella sua natura chiedere aiuto prima, probabilmente questo aspetto lo ha preso da Lilith»

Quelle parole squarciarono il velo del dolore che opprimeva l'angelo della giustizia. Ricordava molto bene l'unica volta in cui Lilith aveva chiesto aiuto all'angelo della protezione, e purtroppo non erano riusciti a salvare Ella e la sua famiglia.

«Grazie fratello»

Mikael gli sorrise e raggiunse gli altri per continuare a pulire la zona.

Sam si materializzò a casa di Syra e con enorme stupore vide che la sua donna, era riuscita a riappropriarsi del proprio corpo, e ora lo guardava con gli occhi lucidi e intimoriti. L'angelo le tese la mano e quando Reina l'afferrò sparirono. Si ritrovarono in una grande stanza luminosa, l'arredamento era contemporaneo e costoso, con decorazioni intagliate a mano e colori rilassanti. Il letto enorme che vi padroneggiava era ricoperto di pregiata biancheria di una tonalità di turchese bellissima, sulla destra un'enorme cassettiera coordinata allo specchio della stessa larghezza, riempiva più della metà della parete. Velocemente Reina esaminò la camera e poi si voltò verso Sam, il suo sguardo era ancora truce.

«Questa è la mia casa, se vorrai sarà anche la tua»

Lei lo osservò uscire dalla stanza e chiudersi la porta alle spalle. Era chiaro che voleva mantenere le distanze; era scappata dopo che si era preso cura di lei e le era stato accanto per giorni, doveva dargli il tempo di elaborare la situazione, di perdonarla e magari di poter accettare il mostro che viveva dentro di lei.

Forse nemmeno io me ne farò mai una ragione, perché dovrebbe farlo lui? Si avvicinò alla grande finestra la cui vista era magnifica, dava su un enorme giardino colorato che si estendeva a perdita d'occhio, poi vide la sorgente nascosta tra le alte palme. Era lì che l'aveva portata la notte del loro primo bacio, a casa sua. L'umore di Reina peggiorò ancora di più, Sam aveva fatto così tanto e lei comportandosi da ingrata lo aveva allontanato agendo alle sue spalle. Di una cosa era certa, non meritava quell'uomo.

Rassegnata aprì la porta alla sua destra trovandovi una sontuosa stanza da bagno. Le venature del marmo sul pavimento creavano disegni incredibili, uno specchio ricopriva interamente la parete di destra, sull'altro lato c'erano una vasca da bagno incassata a terra nel marmo, con una doccia enorme accanto separate da una parete di cristallo colorata.

Reina aprì l'acqua della vasca, sentiva di avere un gran bisogno di immergersi nel tepore di quel bagno e cullarsi. Si tolse quelli che ormai erano degli stracci e si sciacquò velocemente per levarsi di dosso il fango e il sangue che le impregnavano la pelle, dopodiché e si immerse completamente nell'acqua calda, era pura estasi. Avvolta dal profumo del suo Sam, si sentiva protetta, al sicuro, a casa. Riemerse dall'acqua tenendo gli occhi chiusi, cercando di non pensare al caos che ormai era diventata la sua vita, in cui al momento l'unica nota positiva era data solo dal suo angelo.

«Oh, Samael» sussurrò quelle parole con un filo di voce.

«Reina»

L'aveva sentita? Lei sollevò le palpebre e Sam era là. Si era lavato e indossava solo dei pantaloni puliti. Bello come il sole, con i muscoli delle gambe fasciati nel tessuto scuro e la cerniera mezza aperta che offuscava ogni sua lucidità, doveva essersi vestito in fretta senza asciugarsi. Sorridendogli in modo sensuale Reina si spostò verso il bordo della vasca, l'angelo sembrava sorpreso e incerto, ma quando lei si sollevò appena mostrando parte del suo meraviglioso seno nudo, gli occhi di lui si accesero di un blu intenso fissando i suoi capezzoli dritti e turgidi.

«Reina sono ancora in tempo per uscire di qui, se lo vuoi»

«Ho bisogno di te Sam come tu ne hai di me»

A quelle parole l'angelo fece dei passi in avanti, facendo cadere a terra le gocce d'acqua dal corpo nudo e dai capelli. Si tolse i pantaloni e Reina lo divorò con lo sguardo, era vigoroso, massiccio ed eccitato, e la donna non riusciva a non guardare la sua erezione, cercando di deglutire la saliva che si era accumulata nella sua bocca. Si leccò le labbra carnose e lo vide gonfiarsi ancora di più.

Sam si immerse nella vasca avvicinandola al suo corpo imponente «Ho cercato di placarmi di darti il giusto tempo ma adesso, dopo averti quasi persa non posso più resistere»

Lei gli sfiorò il viso poi lo baciò «Sono pronta Samael, sono tua»

«Le tue labbra che pronunciano il mio nome sembrano fatte di zucchero»

Reina si deliziò della frizione dei loro corpi nudi e bagnati, mentre lui le metteva la mano dietro la nuca temendo che potesse allontanarsi, ma lei gli sorrise lasciandosi andare ad un lungo e appassionato bacio. Quell'incontro di bocche e lingue divenne rovente e Reina iniziò ad ansimare, sentendo l'erezione di lui contro il suo stomaco.

«Voglio assaggiarti tutta» la sollevò fino a farla sedere a bordo vasca e si inginocchiò tra le sue cosce morbide guardandola con un desiderio viscerale «Non esiste nulla di più bello»

La baciava mentre le sue mani scorrevano verso il basso e poi la bocca seguì le dita, leccò e succhiò i suoi capezzoli duri e frementi. Reina si contorceva gemendo inarcandosi felina sotto il suo tocco mentre Sam continuava la sua discesa verso l'ombelico.

«Sei un incanto»

Reina aveva il viso in fiamme e si sentì sciogliere quando lui baciò il suo punto più sensibile, per poi lambirla e adorarla. Gli afferrò i capelli avvertendo l'improvviso bisogno di aggrapparsi a qualcosa. Era una sensazione troppo intensa.

«Samael... Samael»

Ogni volta che la sentiva pronunciare il suo nome l'angelo esultava, dolcemente immerse un dito nel suo sesso continuando a titillarla, portandola al culmine. Presto l'orgasmo esplose dentro Reina forte e implacabile, ma lei ne voleva di più. Afferrò il viso del suo angelo e lo tirò su baciandolo mentre lui continuava ad usare le sue magiche mani su di lei, cercando di prepararla ad accoglierlo senza che provasse dolore, voleva che fosse tutto perfetto mentre il suo cuore esplodeva di gioia e possessività, poiché per Reina sarebbe stato il primo ed unico amante.

Nella sua mente Reina aveva analizzato sempre più in dettaglio lo sguardo dell'angelo, secoli prima quando la reggeva per non farla precipitare dalla rupe nei suoi occhi c'erano un forte senso di protezione, misto alla meraviglia e all'angoscia. Adesso fissando quello sguardo ardente, vi percepiva un turbinio di desiderio, passione e possesso, gli stessi sentimenti che consumavano l'anima di Reina.

«Ti amo Samael»

Lui si bloccò, con il cuore delirante di gioia non riuscì a pronunciare una sola sillaba, ma la abbracciò forte, al punto che la sua erezione sfiorò l'ingresso della sensualità della sua donna.

«Finalmente lo hai detto amore. Cercherò di non farti male e di stare attento»

Lei scosse la testa, per poi spostarsi verso il lobo del suo orecchio e sfiorarlo con i denti «Non voglio che ti trattieni, voglio tutto di te, di noi»

Samael era scioccato e attraversato da continui brividi, mentre lei gli leccava languidamente il collo per poi succhiare il punto di congiunzione con la spalla, inspirò bruscamente il suo odore di pesca misto a quello dell'eccitazione e in quel momento sentì il peso tangibile del loro legame. Seguì con le calde mani la lunghezza della schiena di lei fino a fermarsi sulle sue natiche e la sollevò dal marmo tenendola con le braccia, mettendo in tensione tutti i muscoli.

«Sei mia»

Si tuffò dentro di lei e alla prima spinta sentì la sua barriera virginale rompersi per lasciarlo passare, seguito dal gemito di dolore e sconcerto di Reina che lo fissava con gli occhi talmente sgranati che poteva percepire tutte le sfumature di quel meraviglioso smeraldo. Con la seconda stoccata la riempì totalmente strappandole un urlo potente. Era stretta e la sua carne pulsava in frizione con il suo membro.

«Rilassati piccola, cielo sei così deliziosamente stretta»

Parlava tra i denti, cercando di controllarsi il più possibile per non farle male, poi immerse entrambi in acqua continuando a baciarla e accarezzarla e non appena sentì i muscoli interni di lei rilasciare la tensione, cominciò a muoversi lentamente.

Era sua finalmente. *La mia Reina.*

Con movimenti lenti e profondi, si immergeva dentro di lei dandole il tempo di abituarsi alla sua invasione e prendere il ritmo, e poco dopo Reina iniziò ad ondeggiare il bacino quando il dolore passò del tutto, andando incontro ai suoi affondi.

«È bellissimo»

La sua voce era bassa e carica di emozione e per lui fu la fine, Sam perse il controllo e aumentò il ritmo. Ricordava tutte le volte in passato in cui le donne gli chiedevano di andarci piano e di calmarsi, ma sentire la sua donna godere gli incendiava il sangue e la mente, ad ogni spinta la tensione e la paura dei giorni scorsi lasciava il corpo dell'angelo. Averla lì con lui, possederla in quel modo gli fece dimenticare tutto ciò che l'aveva oppresso sino ad allora, la sua lotta interiore e tutti i suoi dubbi erano finiti, con la certezza che il loro era amore e non solo un legame voluto dal destino. Se la portò in grembo inclinando indietro le gambe, in quella posizione riusciva a penetrarla ancora più a fondo, mentre lei lo accarezzava, lo baciava e sorrideva tra i gemiti di piacere, fino a quando sentì il suo corpo tendersi di nuovo.

«Sto per...»

Lui le afferrò i capelli attirandola verso il suo viso e le divorò la bocca continuando ad affondare dentro di lei.

«Vieni per me piccola»

Reina esplose urlando il suo nome, l'orgasmo fu più forte delle altre volte, averlo dentro le provocava un tumulto di passione e calore. Lui la seguì inondandola del suo piacere bollente, prolungando e ampliando quello di Reina in modo indescrivibile. La stringeva tra le braccia mentre lei tremava.

Dopo un tempo lunghissimo Sam si staccò dalla donna e iniziò a lavarle i capelli e il corpo, posandole dei teneri baci sul collo e sulla schiena. La coprì con un leggero accappatoio, mentre lui si allacciò un telo alla vita e uscirono dal bagno rientrando nella sontuosa stanza da letto.

«Quindi questa è camera tua o quella degli ospiti?»

Sam la sollevò osservandola con un sorriso sornione stampato sulle labbra, la gettò al centro dell'enorme materasso e l'accappatoio che l'avvolgeva si aprì scoprendo buona parte del suo corpo.

«È camera nostra»

E Reina rise con quella sua risata cristallina che lui adorava, così in un attimo le fu sopra schiacciandola contro il morbido tessuto di seta turchese.

«Sei così incontenibile angelo»

«È colpa tua, monopolizzi i miei sensi e il mio corpo»

La baciò mozzandole il respiro. L'aveva posseduta come sempre lei aveva sognato da quando lo aveva conosciuto, con passione e riverenza, con amore e desiderio.

«Reina se continui a guardarmi così rimarremo a letto per molto, molto tempo» iniziò a baciarle il collo soffermandosi su quel punto delizioso sotto l'orecchio e lei gemette «Non mi rendi per niente le cose facili piccola, dovresti riprendere le forze»

I pensieri di Reina però erano di tutt'altro avviso e inarcandosi languida sotto il suo peso riuscì ad allentare del tutto l'accappatoio «Niente riposo voglio sentirti dentro di me»

«Sapevo che sarebbe stato così con te, che mi avresti accolto e spremuto ogni singola goccia di piacere»

Lei respirava affannosamente mentre il calore si concentrava di nuovo fra le sue gambe.

«Erano decenni che non stavo con una donna, e in tutta la mia esistenza nessuna mi ha mai regalato un decimo delle sensazioni che provo con te»

Reina non si fece intimidire da quelle dichiarazioni, riversò sul viso dell'angelo lo smeraldo luminoso dei suoi occhi, vedendolo sorridere in un modo carico di dolcezza e genuinità, poi le accarezzò il viso e le posò dei teneri baci sulle palpebre.

«Da quella lontana battaglia non sono più stato con una donna con gli occhi verdi, non riuscivo a sopportare di guardare degli occhi che mi potessero ricordare quella piccola guerriera che non ero riuscito a salvare»

In tutto ciò che faceva e diceva quell'uomo era troppo intenso, i suoi sentimenti erano così profondi e sinceri che Reina ne sentiva l'eco fin dentro l'anima, senza capacitarsi di esserne la principale ragione.

«Io sono figlia dell'oscurità, non dovresti amarmi angelo»

«Non posso farne a meno, voglio essere la luce tra le tenebre della tua anima»

Reina fece scivolare le mani sulla schiena larga e forte di Sam, poi strappò via con un solo movimento il telo che lo copriva dalla vita in giù.

«Adesso tocca a me»

Lo stupore in quegli occhi blu spalancati la fece sorridere mentre lo spingeva giù con le spalle inchiodate al letto. Si mise a cavalcioni sul suo uomo serrandolo nella stretta delle sue cosce tornite, mordendosi il labbro inferiore mentre divorava con gli occhi quel corpo maschile e perfetto che ormai le apparteneva.

«Sei mio!»

Seguì con le dita la forma dei muscoli del petto e dell'addome e poi con la lingua lambì un capezzolo scuro e la reazione di Sam la eccitò ancora di più. Voleva fargli tutto quello che lui aveva fatto a lei, lo avrebbe fatto godere senza vergogna né imbarazzo, ma con passione. Lo baciò profondamente invadendogli la bocca, poi scese lungo il collo e verso il suo ombelico senza staccare la bocca dalla sua pelle calda e sensuale.

«Amore»

La voce di Sam era roca e piena di desiderio. Troppo lentamente lei accarezzò il suo membro con le dita, per poi chiudere il pugno e iniziare a massaggiarlo, aveva desiderato tanto toccarlo in quel modo e ora lo stava facendo, avrebbe esplorato il suo corpo imparando a dargli piacere. L'angelo ingoiò a vuoto e lei non seppe resistere, si leccò le labbra e poi le appoggiò sulla sua erezione. Reina non aveva mai provato curiosità per certe cose, ma Sam la risvegliava in tutti i modi carnali possibili, così fece guizzare la lingua sull'estremità assaporando la goccia d'umore che la imperlava e lui spalancò gli occhi.

«Reina»

Lo vide stringere i denti quando lei chiuse le labbra intorno al suo sesso e succhiò prima piano, poi sempre più forte ruotando la lingua intorno alla carne dell'angelo. Al limite del desiderio Sam cominciò a dondolare i fianchi assecondando l'assalto della sua bocca, tenendole i capelli fermi raccolti nel suo pugno e sollevando nello stesso tempo la testa dal materasso, voleva osservare ogni attimo di quel piacere sul suo viso.

«Hai un sapore così buono»

La sua lingua maliziosa e audace, lambì il labbro inferiore gonfio per la suzione appena conclusa e per Sam fu come una detonazione. Si rialzò di colpo tenendola tra le braccia e Reina in un istante si ritrovò seduta sull'enorme cassettiera a muro, lo strinse forte mentre lui entrava dentro di lei selvaggiamente. Era ancora più grosso di quando erano nella vasca, ma lei non si lamentava, era troppo bello sentirlo muovere dentro di sé, ne avvertiva il bisogno incessante e venne affondando i denti nella sua spalla, mentre lui aumentava la velocità degli affondi. Sam sembrava seguire il ritmo dei battiti del cuore, in preda all'eccitazione di Reina che lo stringeva come se non riuscisse ad averlo abbastanza in fondo. La sentì sciogliersi ancora una volta e con un potente ruggito si lasciò andare riempiendola con il suo seme.

Una calda luce inondava la stanza, Reina si svegliò con un dolcissimo profumo intorno, lo sentiva sulla pelle e sulle lenzuola. Qualcosa di caldo e forte la stringeva e sorrise all'idea che il suo angelo l'avesse tenuta stretta per tutta la notte. Sam le baciò il collo e la nuca.

«Buongiorno piccola»

Lei si distese con movimenti felini per poi girarsi verso di lui mordicchiandogli il mento.

«Giorno a te angelo» nascose il viso nell'incavo del suo collo inspirando profondamente, lui era la sua oasi di pace «Mi spiace di essere crollata dopo, si beh...»

«Dovrei scusarmi io, ti ho presa con troppa foga»

Sentì le labbra di lui posarle un bacio sulla tempia prima di trasformarsi in un sorriso.

«Da quanto sei sveglio?»

«Non molto» lei lo strinse ancora di più e si mortificò quando il suo stomaco iniziò a brontolare.

Samael la fissò «Hai fame?»

«Muoio di fame»

«O santo cielo Reina, perché non me lo hai detto?»

Era arrossita «Non ci ho pensato»

Sam si alzò in fretta dal letto, come aveva potuto non pensare a sfamarla? Era stata avvelenata, rapita, torturata e per concludere lui l'aveva sfinita con tutto quel sesso.

Sono un vero idiota!

«Cosa vuoi mangiare?»

Lei ci pensò su portandosi l'indice al mento «Tutto ciò che voglio?»

Alzò le sopracciglia in modo ammiccante sfiorando ogni parte del suo corpo con lo smeraldo dei suoi occhi, e Sam la trovò adorabile con solo quel lenzuolo intorno che le copriva appena il seno. Era troppo invitante, così scosse la testa per spezzare il filo dei pensieri che lo stavano già portando verso quei deliziosi capezzoli appuntiti, doveva farla mangiare prima di saltarle di nuovo addosso.

«Tutto ciò che desideri, da mangiare»

Lei sorrise «Lasagne, un hamburger d'agnello con tanto formaggio, una grande cola e una tonnellata di patatine fritte»

«Ok, hai davvero fame per volere tutto ciò appena sveglia, anche se sono le tre del pomeriggio»

Reina fu sioccata dalla quantità di sonno che si era concessa, ma non disse nulla, anche perché Sam era già sparito. Non avendo nient'altro da mettersi si infilò una delle maglie dell'angelo ed iniziò a gironzolare per casa, scoprendo il buon gusto del suo compagno per gli arredi e l'arte. I colori tenui che ricoprivano le pareti delle stanze trasmettevano calma, calore e una sorta di benessere. Trovata la cucina iniziò ad apparecchiare per due e quando l'angelo tornò si sparse per tutta la casa il buon profumo del cibo.

«Vuoi qualcos'altro?»

«Oltre te?» gli andò incontro allacciandogli le mani al collo.

«Prima mangia. Ieri è stato solo un assaggio di tutto il tempo che passeremo insieme»

Reina si sedette su uno sgabello accavallando le gambe con un sorriso malizioso, non indossava nulla sotto la sua maglietta.

«Smettila di giocare con me piccola e mangia, per favore»

«Uffa sei così rigido»

Lui le girò intorno e afferrò il bordo del bancone di fronte con entrambe le mani, non gli era di certo sfuggito il doppio senso nella sua frase. Reina allora fece la sua mossa alzandosi per rovistare nei sacchetti delle vivande, alla ricerca di qualsiasi movimento che permettesse a l'unico indumento che indossava di sollevarsi quanto bastava per mostrare a lui il suo sedere nudo.

Samael si era accorto che lei non portava le mutandine, il suo odore di pesca era già inebriante ma quello della sua eccitazione era irresistibile, e quando Reina tornò a sedersi quella maglietta, la sua maglietta, gli mostrò una parte del paradiso. Scosse la testa per mantenere la calma, ma non ci riuscì l'erezione era dolorosa e lui stringeva la presa sul bancone della cucina così forte che l'avrebbe distrutto di lì a poco.

«Piccola per favore non farlo» la voce era implorante ma i suoi occhi sprigionavano il fuoco del desiderio.

«Non sto facendo nulla Samael, sto mangiando come mi hai chiesto tu»

Nel suo sguardo la consapevolezza di averlo sconfitto poiché la volontà ferrea dell'angelo andò a farsi benedire, Sam allora mollò la presa e con due passi le fu davanti.

«Hai vinto tu»

La sollevò rudemente dallo sgabello baciandola mentre lei sorrideva trionfante, le sue grandi mani salde sulle sue cosce mentre la appoggiava sul tavolo della cucina, in pochi secondi fu dentro di lei. Gemiti strozzati uscirono dalle loro bocche.

«Volevo farti riprendere prima»

«Non osare fermarti»

Fecero l'amore due volte prima di mettersi a mangiare e Reina non poteva esserne più felice, lo guardò divorare la sua porzione di lasagne sorridendo, mai avrebbe pensato di legarsi ad un uomo tanto meno un angelo, ed ora era lì con lei e la fissava con il calore di chi ama con corpo ed anima. Stese le braccia e gliele allacciò al collo prima di baciargli il lobo dell'orecchio.

«Adesso vorrei il dolce»

«Tutto ciò che desideri amore».

14

Le settimane passavano, creando pian piano sempre più intesa tra Reina, Lilith e gli angeli. Grazie al progredire del suo rapporto con Sam, Reina dimenticò l'angoscia e la sofferenza che avevano preceduto quei momenti. La giovane imparò a conoscere anche gli altri angeli che avevano libero accesso alla loro casa, come adesso lo aveva anche Lilith.

In diverse occasioni Reina aveva sorpreso lo sguardo glaciale Mikael scaldarsi quando Lilith entrava. Il che la spingeva a chiedersi se il Protettore provasse qualcosa per lei. Nonostante Lilith le avesse spiegato che la loro non era stata una relazione, ma piuttosto un momento di pura e ardente passione che era riuscita a dar vita al dono prezioso che era stata Ella, Reina non concepiva il fatto che loro due non accettassero il legame che li univa ancora oggi. Sospettava che il loro distacco fosse solo un modo per redimersi o per punirsi per la morte della loro unica figlia. La lupa non aveva espresso i suoi sentimenti in merito né si era in nessun caso lamentata della vita che aveva avuto, ma Reina sapeva che non era mai riuscita a dimenticarlo. Comprendeva la sensazione che poteva provare, lo sentiva nel cuore e sulla pelle, dato che per lei Samael era indelebile, come Mikael lo era per Lily.

Quella notte dopo aver fatto l'amore, Reina si addormentò tra le braccia del suo angelo, era fantastico sentire il suo caldo corpo che la stringeva. Immagini a lei care si susseguivano nella sua mente, Evandrus ed Ella innamorati e felici che si baciavano seduti sulla riva del fiume mentre le loro figlie correvano in acqua cercando di prendere i pesci, era un ricordo dolcissimo. Un effimero momento di felicità che anche se passato riusciva a scaldarle il petto.

La scena divenne di colpo buia come nei suoi incubi, stavolta però anziché un'oscura e fredda solitudine intorno a lei c'erano urla strazianti e una risata perfida. Sentì una spinta in avanti e le si rivelò l'immagine successiva, Samael era in catene, sanguinava e urlava il suo nome. Seguì lo sguardo del suo uomo che fissava qualcosa davanti a lui, un uomo non definito ai suoi occhi la stava baciando, no, stava facendo di più. Cominciò ad urlare anche lei per respingerlo mentre percepiva delle mani che la tastavano, ma lei non voleva e non poteva permettere al demonio di toccarla. Il velo del sonno fu squarciato e Reina si ritrovò in piedi accanto al letto, aveva le ali spiegate e gli artigli affilati da cui colava sangue, Sam era seduto in modo scomposto sul letto, aveva il collo e il petto ferito e le mani protese verso di lei.

«Reina, amore calmati»

«Oh cielo! Sam cosa ti ho fatto?»

Lui le fu subito accanto per tranquillizzarla «Non eri cosciente. Cos'è successo?»

La donna trasse dei respiri profondi e riprese il controllo del suo corpo «Stavo sognando la mia famiglia e poi, ho visto te incatenato all'Inferno davanti a Lucifero»

Sam la strinse forte al petto «Sono qui con te»

Reina si afferrò la testa tra le mani in modo pressante, doveva scacciare quelle immagini.

«Ti ha fatto qualcosa?»

Come poteva dirgli che aveva sognato che Lucifero la possedesse? «Nel sogno è riuscito a dominarmi»

Abbassò lo sguardo, non poteva permettere a Sam di leggervi la paura che le faceva tremare. Quelle parole celavano tutto il disgusto che provava, ma l'angelo percepì che c'era molto di più e scatenò la sua rabbia. Si avvicinò alla cassettiera su cui avevano fatto l'amore tante volte, perché dopo la prima notte a lei era piaciuto così tanto da volerlo ripetere, e scagliò le mani a pugni chiusi sul mobile che cedette come fosse stato di carta.

«Non ti avrà mai, non glielo permetterò!»

Reina lo abbracciò stringendosi alla sua schiena. L'istinto possessivo dell'angelo si fece avanti prorompente, si girò afferrandole la nuca in modo rude e le assaltò la bocca e fu dentro di lei in un delirio di sofferenza e desiderio.

«Mai!»

Reina si sentì premere contro la parete, sapeva che lui aveva bisogno di sentirla sua e di averla in quel momento più che mai, sollevò le gambe poggiando i talloni sui glutei d'acciaio di lui, la stava penetrando con forza pompando fino a marchiarla nel corpo e nell'anima. Si aggrappò a Sam affondando i denti nella sua spalla per soffocare le grida che le montavano dentro insieme all'orgasmo, che entrambi raggiunsero in una esplosione sincronizzata. Loro due si appartenevano, non contava nient'altro e rimasero avvinghiati respirando a fatica finché non si calmarono.

Reina purtroppo non aveva mai creduto alle coincidenze, ma ogni volta che aveva sognato quel dannato bastardo era successo qualcosa di brutto, chiuse gli occhi scongiurando che qualunque cosa accadesse potesse coinvolgere le persone che amava.

Da quando l'antico stregone Murthan e Jonhas erano morti, gli attacchi demoniaci erano diminuiti, così come le loro crudeli campagne estirpa anime. Comunque non c'era tempo per crogiolarsi in quella piccola vittoria, erano tutti più che consapevoli che la loro battaglia contro le creature infernali non sarebbe mai finita. Sia Lilith che Reina però avevano ottenuto vendetta e potevano rendere omaggio alla loro defunta famiglia, così da potersi concentrare nella ricerca di ogni modo possibile per distruggere quel degenerato re degli inferi.

Dopo la notte in cui Reina aveva ferito Samael, il suo sonno non era più stato tranquillo, riusciva ad evitare di tagliuzzare l'angelo mentre dormiva, ma non a scrollarsi di dosso quella sensazione di pericolo imminente. Insieme ad Ariel aveva rivisto quell'incubo decine di volte per analizzarne ogni sfaccettatura ed entrambi avevano percepito la minaccia reale che quelle immagini rappresentavano.

Samael dal canto suo non le aveva nascosto il suo desiderio di saperla al sicuro e lontano dalle grinfie di Lucifero, ma si era innamorato di una guerriera e non poteva chiederle di farsi da parte nella lotta contro l'Inferno intero. Quindi l'unica cosa che poteva fare concretamente per lei era aiutarla a prendere le redini di quell'immenso potere che nascondeva, perché sapere che Reina riusciva a dominare il suo dono rendeva lei più sicura ai suoi occhi e lui più sereno. La portò quindi nel giardino dietro casa che si estendeva fino ad una selvaggia boscaglia.

«Dobbiamo allenarci piccola»

Reina lo guardò torva «Allenarci per cosa?»

«I tuoi nuovi poteri» Sam spalancò le maestose ali e assunse la posizione d'attacco.

«Cosa vuoi fare?»

«Sprigiona il tuo potere ragazzina perché sto per attaccarti»

Reina non lo prese troppo sul serio, ma si lasciò andare al cambiamento. Comparvero le piccole ali nere, le unghie si allungarono e la sua pelle si scurì. Non era preoccupata del fatto che il suo angelo la vedesse in quel modo, ma non riusciva proprio ad accettare questa parte di sé. Così leggermente distratta dal suo aspetto, Sam ne approfittò per sbattere le sue enorme ali creando una massa d'aria potente che la colpì in pieno facendola volare per metri. Reina contorcendosi riuscì ad atterrare, lo aveva già visto usare quella tecnica in quel massacro di secoli prima e adesso le tornava alla mente.

«La tua aerodinamica ed il tuo equilibrio non sono gli stessi quando spieghi le ali, e anche se sono piccole al momento sono una zavorra per te»

Reina si rimise in piedi avanzando verso Samael, iniziando a capire cosa volesse insegnarle.

«Se io fossi stato un demone avrei di sicuro sfruttato questo tuo limite per catturarti o ucciderti. I demoni alati molto anziani hanno una potenza alare uguale se non addirittura superiore a quella degli angeli»

«E ovviamente tu non hai usato tutta la tua forza. Dunque angelo fammi vedere di cosa sei capace»

Lui sorrise e intrapresero una serie di estenuanti allenamenti per rafforzare le ali di Reina e per farla diventare un tutt'uno con le sue nuove capacità. Già dopo pochi giorni riusciva a resistere alle bombe d'aria che l'angelo creava, e intanto si rese conto che innescare il cambiamento del suo corpo diventava sempre più semplice, quasi naturale e grazie al suo angelo stava prendendo piena coscienza del fatto che tutto ciò rappresentasse per lei un punto di forza e non una debolezza.

Scontrarono le loro spade brutalmente nonostante fosse solo un addestramento e quando Samael creò un vortice d'aria di notevole potenza, Reina riuscì a mantenere la stabilità senza danneggiare le proprie ali e addirittura a passare al contrattacco. D'un tratto la sessione d'allenamento era finita e lei si ritrovò con la maglietta lacerata e la lingua del suo angelo in bocca.

«Sei fantastica piccola»

«Spiegami com'è che ogni esercitazione finisce così?» Sorridendo gli cinse la vita con le gambe.

«Perché da quando iniziamo a combattere il mio unico pensiero è quello di spogliarti»

Quando Samael poche ore dopo aveva prontamente risposto alla convocazione dei fratelli, Reina si ritrovò a vagare per quella casa che ormai sentiva sua, negli ultimi tempi aveva esplorato con gioia ogni parte della proprietà e il giardino era diventato il suo posto preferito. Adorava la sorgente naturale che c'era e anche se la temperatura dell'acqua non era di certo calda, per Reina era comunque piacevole, così vi immerse i piedi rilassandosi in attesa dell'arrivo di Lilith, con cui anche quella sera sarebbe andata a caccia.

Reina muoveva lentamente le gambe nell'acqua inspirando i profumi della natura intorno che le accarezzavano i sensi. All'improvviso però la sua mente piombò nel buio freddo e cupamente familiare, il Nulla in cui Lucifero riusciva a farla arrivare. *Mi sono addormentata?*

«Avevo voglia di vederti mia regina» Una risata macabra squarciò il silenzio.

Fottuto bastardo! «Che diavolo vuoi?»

«Adoro quando imprechi sussurrando il mio nome»

Reina strinse i pugni e i denti più forte che poteva quando un'ombra dagli occhi gialli le si parò davanti emanando un'aura così potente e malvagia che il ghiaccio le si riversò nelle ossa.

«Ti ho convocato per offrirti un accordo»

«Un patto col diavolo eh? No, penso proprio che non mi interessi»

«Ti ho fatta rapire e imprigionare, sono riuscito ad impossessarmi del tuo corpo anche se per poco, e hai visto cosa spetta a tutti quelli che ti circondano, le loro torture e le loro morti. Dunque cosa pensi di poter fare per fermarmi piccola Reina?»

«Ucciderti bastardo!» un'altra risata sinistra riempì l'aria.

«Ci provano in molti da millenni ormai. Avrei potuto prenderti quando eri piccola, infondo Jonhas mi serviva proprio per osservarti da vicino, ma non avrei saputo che farmene di una marmocchia. Adesso invece che sai cosa vuol dire il dolore, la perdita e il senso di impotenza, puoi dar fondo a tutto ciò che ti è stato donato e passarlo a me»

«Sarò anche nata dall'oscurità, ma quelle che porto dentro sono le mie tenebre e finché avrò un alito di respiro non ti cederò mai il potere»

Gli occhi di lei lo fissarono con fredda determinazione mentre l'ombra le si avvicinava minacciosa, il bagliore di quegli occhi gialli si intensificò come se non esistesse nient'altro che il suo sguardo perfido e ammaliatore.

«Si che lo farai stupida, sarai tu stessa a venire da me implorandomi e in quel momento ti avrò tutta»

Le strinse la gola con forza trascinandola giù. A Reina bruciavano i polmoni, non riusciva a respirare e sentiva la pressione che la trascinava sempre più a fondo, cercava invano di arpionare qualunque cosa intorno a lei per reggersi mentre la temperatura dell'acqua scendeva rapidamente sotto zero formando un sottile strato di ghiaccio sulla sua pelle.

Samael si era materializzato in giardino seguendo il profumo di pesca della sua dolce Reina. Sapeva che l'avrebbe trovata accanto alla sorgente, così camminò con passò leggero per non disturbarla, ma la scena che gli si presentò davanti fu agghiacciante. Reina era interamente immersa nell'acqua, le sue braccia annaspavano cercando un appiglio e la sua testa non riemergeva. Si lanciò verso di lei e dopo diversi tentativi riuscì a tirarla fuori strappandola a quella presa invisibile. Lei sputava acqua e sangue tossendo e aveva gli occhi rossi che segnavano l'inizio del soffocamento. Sam allora la trasportò in casa al caldo, coprendola con il primo lenzuolo che trovò.

«È tutto finito tesoro ci sono io adesso»

Lilith arrivò in quel momento «Reina sei pronta? Andiamo Syra ha lasciato aperto un portale per noi» la donna udì gli strani rumori provenire dalla camera da letto e vi si fiondò «Sam cos'è successo?»

«Non lo so Lilith, sono arrivato appena in tempo per tirarla fuori dall'acqua, annaspava come se lottasse contro qualcosa che la teneva giù, ma non c'era nessuno accanto a lei»

Reina non smetteva di tremare, le sue labbra erano blu e gli artigli ancora bene in vista arpionati al braccio dell'angelo. Dopo aver asciugato e vestito la donna Sam accese il camino della camera da letto e si distese accanto a lei, sistemandola sotto le coperte e chiamando mentalmente a raccolta gli altri angeli che in silenzio si materializzarono nella stanza.

«Ti farò stare meglio piccola»

Rafael si sedette accanto a loro nel letto e con un sorriso timido le porse una mano. Reina gli strinse le dita e subito avvertì il calore dell'energia dell'angelo che si spandeva nel suo corpo, rinvigorendolo e sanando le parti lese.

«Non era nulla di grave, sei come nuova»

Le fece l'occhiolino e stava per alzarsi, quando Reina gli strinse più forte la mano «Resta ancora un po'»

«Certo cognatina» riuscì a strapparle un leggero sorriso.

Lilith era ancora sconcertata da quello che Reina aveva raccontato loro su ciò che aveva appena vissuto «Come ha fatto ad aggredirla fisicamente? Lui non era qui e non c'era un corpo da possedere»

Non era normale che il corpo un'immortale del calibro di Reina reagisse così violentemente ad un attacco non fisico, tutti erano preoccupati poiché in seguito all'uccisione di Murthan, Lucifero non avrebbe dovuto disporre di poteri con così ampio raggio. In quel momento il telefono di Reina iniziò a squillare e apparve il nome di Syra sullo schermo. La strega probabilmente aveva percepito il pericolo e la stava contattando.

«Dimmi che stai bene ti prego» Il sottofondo che si sentiva era il pianto straziante di diverse donne «Reina!»

«Sto bene non preoccuparti Sam è arrivato in tempo. È Calime quella che sento?»

«Si, siamo alla grotta. Calime è stata convocata con urgenza insieme a tutte le sirene nei dintorni»

«Ha a che fare con quello che mi è successo vero?» Il silenzio che seguì la sua domanda era già la risposta «Loro stanno bene?»

Reina e Lilith si fissarono per un lungo istante «Eira, la sirena del ghiaccio e loro sorella minore è stata uccisa. Poco fa due orche grigie hanno portato il suo corpo dilaniato al ridosso di un ghiacciaio nella Baia di Baffin»

Dall'altra parte della stanza Ariel la fissava cercando di capire come dare un senso alle minacce che Lucifero stava già mettendo in atto. Vagliava la mente di Reina in cerca del più piccolo particolare, rivedendo in continuazione quelle immagini, come un film portato indietro e fatto scorrere in slow motion, analizzando ogni singola sensazione vissuta dalla ragazza. Reina non si era sentita spinta giù quando era nella sorgente, ma si era sentita trascinare verso il basso. Aveva il ghiaccio addosso quando Sam l'aveva trovata. E dopo pochi secondi gli occhi ambrati dell'angelo della conoscenza luccicarono richiamando l'attenzione di tutti i presenti.

«Ragazzi credo che il problema sia molto più grave. Non solo Lucifero è riuscito ad arrivare ad una potente sirena artica, ma cosa ancora più inquietante ne ha assorbito i poteri»

Reina chiuse la chiamata ancora in preda allo shock di quell'affermazione, che era visibile anche sui volti di tutti gli altri. Lucifero era molte cose ed aveva innumerevoli poteri, ma l'assorbimento dell'energia e dei doni altrui non era tra questi; niente di ciò che conoscevano e che avevano già affrontato era in grado di aiutarli a capire cosa stesse accadendo.

«Maledizione»

«Che succede?» la voce di Reina era esitante dopo aver udito l'imprecazione di Sam «Devo andare qualcuno sta invocando il mio aiuto»

Lo sguardo di fuoco che le rivolse il suo angelo fu come un abbraccio, sapeva che non avrebbe mai voluto lasciarla dopo quello che era successo, ma come creatura celeste aveva degli obblighi da cui non si poteva esonerare.

«Vai pure Sam non sono da sola»

Per enfatizzare il concetto Rafael le fece passare un braccio sopra la spalla per farla stare più comoda.

«Vai fratello non la perderemo di vista un solo istante»

Prima di sparire Sam le si avvicinò baciandole la fronte «Torno presto» il suo sguardo tormentato le diceva molto più delle parole.

Ariel rimase ad occhi chiusi per un lasso di tempo che parve infinito. Stava scandagliando le sue conoscenze e i dettagli di tutto ciò che era accaduto negli ultimi tempi, sapeva che c'era un collegamento tra tutti quegli avvenimenti che di sicuro portava a qualcosa di losco. Ma perché il demonio aveva scelto una sirena artica e non una sirena più vicina a Reina, se era la ragazza il suo bersaglio? Qualcuno lo aiutava di sicuro, poiché Lucifero non avrebbe potuto farlo da solo; c'erano fin troppe incognite a cui dare risposta.

Le ore intanto passavano e di Sam non si avevano ancora notizie, tanto che anche Mikael iniziava a spazientirsi. Era molto strano perché con Reina in quella situazione Sam si sarebbe fatto spezzare le ossa piuttosto che lasciarla da sola un minuto di più. Il Protettore quindi seguì la traccia dell'essenza del fratello fino al luogo dell'invocazione d'aiuto, ritrovandosi in un accampamento di montagna in cui sembrava che il tempo si fosse fermato. Acuendo i sensi fece diversi giri intorno, le tende erano in perfetto stato e sembravano deserte, nessun odore particolare, nessun segno di lotta o di vita alcuno, almeno non recente.

Tornò dagli altri con una macabra consapevolezza. Ariel leggendo i suoi pensieri comprese che tutto, da quando Lucifero era entrato nel corpo di Reina, era stato fatto per sondare il legame tra i due amanti. Il vincolo tra Reina e Samael era inscindibile, Ariel stesso aveva affermato che l'una sarebbe morta per l'altro e viceversa. Gli incubi in cui Samael era incatenato e veniva torturato, servivano a spaventare Reina, poiché se lei era pronta a morire pur di salvarlo, per lo stesso motivo sarebbe stata ben felice di consegnare tutto il suo potere a Lucifero.

Ariel riaprì gli occhi accecati dalla rabbia colpendo la parete di fianco a lui così forte da sfondarla «Siamo stati degli sciocchi, non è lei il bersaglio ma è Sam»

Reina recepì quelle parole come un colpo al cuore, ricordando con orrore tutte le immagini che Lucifero le aveva fatto vivere e iniziò a tremare. Con uno scatto fluido si mise in piedi invocando più volte il nome del suo uomo a pieni polmoni, ma senza alcuna risposta. E un oscuro presagio le riempì il cuore.

«Dobbiamo trovarlo in fretta»

15

Invocavano Samael da troppo tempo per non avere ancora una risposta che non fosse il silenzio, e purtroppo neanche Ariel e Syra riuscivano a localizzarlo. L'angoscia di Reina cresceva ad ogni minuto che passava, adesso capiva quello che Sam aveva provato quando era stata lei a sparire.

«Cosa facciamo?»

Mikael dopo lunghi minuti di riflessione si fece avanti «Dubito che Lucifero sia riuscito ad ottenere l'aiuto di un altro stregone potente come Murthan e quindi se non riusciamo ad individuarlo probabilmente sarà nella dimensione demoniaca»

«Nessuno di noi ci hai mai messo piede fratello, è un luogo molto vasto e non sapremo dove cercare»

"Sarai tu a venire da me!"

Il cuore di Reina si fermò riascoltando l'eco delle parole di Lucifero nella sua mente, non avrebbero dovuto cercare perché il demonio si sarebbe fatto trovare pronto allo scontro.

Ariel percepì i pensieri della donna chiaramente «Non andrai da lui Reina, questo è esattamente quello che vuole»

«È l'unica cosa che voi non potete fare, solo io ho il potere di aprire le porte dell'Inferno»

Lilith le sfiorò la guancia «Tesoro se entrerai lì, Lucifero non ti permetterà più di uscire e dovrai cedergli il potere»

«Lo so Lily, ma pensi che per me ci sia qualcosa di più importante di Samael?»

Il silenzio calò sulla stanza «Allora è deciso, riportiamo Sam a casa»

L'angelo protettore aveva già materializzato la sua spada di fuoco e i suoi fratelli e Reina lo seguirono a ruota.

Reina doveva tenere a freno la preoccupazione e tenere i nervi saldi, era ben conscia che avrebbe dovuto affrontare Lucifero da sola se voleva assicurarsi almeno una possibilità di salvare il suo angelo.

«Trasportatemi al varco più vicino dell'Inferno»

Il luogo in cui si materializzarono era freddo e deserto. Una piccola vallata in mezzo al nulla, circondata da una coltre di nebbia impregnata dall'odore pungente della putrefazione misto a quello dello zolfo. L'aria era nauseante e ovunque si posasse lo sguardo c'erano resti di ossa umane e animali, a segnare la fine degli sventurati che si erano ritrovati in quel posto o peggio ancora che ne erano stati attratti.

Un solo albero padroneggiava l'intera area che a vista d'occhio si perdeva nella completa desolazione. I rami robusti erano senza foglie e il colore del tronco era troppo scuro per essere un albero vitale, eppure sprigionava un'energia potente.

«Questo è uno dei passaggi per raggiungere il varco»

Rafael indicò la fenditura tra due enormi radici che si immergevano nel terreno, da lì esseri mortali e immortali venivano trascinati all'interno e torturati o peggio ancora convinti a lasciarsi invadere dall'essenza demoniaca.

Reina strinse la sua lupa «Grazie di tutto»

«Stupida ragazzina non osare dirmi addio! Io entrerò con te»

«Non se ne parla, andrò da sola»

Lilith però si fece avanti insistendo «Reina gli angeli non possono resistere a lungo nel territorio demoniaco, noi invece possiamo e lo faremo. E dobbiamo anche darci una mossa perché non sappiamo come sta Samael»

Ariel contrasse i muscoli delle spalle respirando pesantemente «Ha ragione Lilith. Noi traiamo forza da tutto ciò che è stato creato con amore, da ciò che ha vita. Lì dentro la nostra energia si esaurirà in fretta, soprattutto perché dovremo combattere»

Reina fissò Mikael, le era sempre risultato difficile decifrarlo perché quell'angelo stava più che altro in disparte e le parlava poco. Ogni volta che si guardavano negli occhi vi trovava tristezza, pensava che la sua vista suscitasse in lui il dolore di aver perso una figlia a cui non aveva potuto legarsi e che non aveva potuto amare.

«Verremo con te fino al varco, perciò vedi di non farti ammazzare Reina e trova un modo per farci entrare»

Lei gli sorrise mestamente, cogliendo un lieve bagliore in quegli occhi di ghiaccio identici a quelli di sua madre. Quando si trovarono a pochi passi dall'albero questo iniziò a vibrare piano, le radici emersero dal terreno allargando la fenditura tra di esse e invitandoli ad entrare. Seguirono il canale roccioso davanti a loro senza avere idea di quello che avrebbero trovato, e man mano che scendevano nelle viscere della terra il passaggio si allargava sempre più. Decine di metri più avanti, una maestosa parete di roccia nera bloccò il loro passaggio.

Reina avvertiva la potenza di quel luogo, l'energia macabra che trasudava da quella parete la attraeva e la ripugnava allo stesso tempo. Nella sua testa iniziarono a bisbigliare molte voci, invocando sacrifici e carneficine, chiedevano che fosse versato del sangue. Presto le voci divennero una litania che richiamava a galla la sua parte oscura.

«È il contrasto del bene e del male che c'è in te Reina. Lotta per tenere il controllo, fai vincere la parte giusta» Ariel accanto a lei cercava di tenerla lucida.

Reina non sapeva bene ciò che doveva fare per oltrepassare quel varco. *Dovrebbe essere facile giusto? Basta trovare la maniglia e voilà! Sarò dentro.* Sempre più attratta da quel luogo si avvicinò alla roccia nera, e come se questa l'avesse riconosciuta prese vita. Sulla superficie della lastra iniziarono ad apparire immagini di fiamme che inghiottivano uomini e di demoni che ne risorgevano. Donne e bambini sacrificati su altari di ossa e raccapriccianti scene di uccisioni e massacri. Reina sentiva di appartenere a quel mondo oscuro e stava combattendo contro le tenebre dentro di lei per ricacciarle indietro.

Capendo che quello era l'unico modo per attraversare la soglia, la donna posò le mani sulla parete e i battenti della porta furono visibili per alcuni istanti prima di sparire, mentre le sue mani venivano incise da piccole lamelle taglienti da cui uscivano rivoli di sangue. Oltrepassò la porta come se il suo corpo fosse inconsistente e subito venne sommersa da sensazioni contrastanti, paura e rabbia, dolore e sofferenza; dal piacere e dal tormento per le torture che le anime intrappolate lì dentro avevano inflitto e subito. Udiva persino le implorazioni d'aiuto degli sciagurati reclusi in quel posto e le risate dei loro carnefici.

Il sovraccarico sensoriale fu così potente da destabilizzarla per pochi istanti, quelli che le bastarono per comprendere di essere circondata dai demoni di ogni razza e genere. Materializzò la spada e stringendone saldamente l'elsa si preparò all'attacco, ma inaspettatamente gli esseri infernali si scansarono con riverenza, creando una sorta di corridoio per farla passare, come se lei fosse la loro regina. Ancora interdetta da quella visione Reina mosse i primi passi in avanti senza mai abbassare la guardia. Alla fine aveva avuto ragione sul fatto che sarebbe stata da sola, infondo non era così consapevole dei suoi poteri da riuscire a fare entrare anche gli altri. Si immaginò Lilith intenta a cercare di sfondare la porta dell'Inferno per raggiungerla.

«Mia splendida Reina alla fine ci incontriamo»

Lei strinse le labbra in una linea dura, la voce era a pochi metri da lei e non veniva da un'ombra ma da un corpo in carne ed ossa. Mise a fuoco il viso dell'uomo e sbarrò gli occhi per lo stupore perché era magnifico, bello come l'angelo che era stato un tempo. Stava in piedi con le braccia incrociate sul petto, il corpo sodo e massiccio scolpito come lo era nell'immaginario collettivo solo un dio greco, bastava però guardarlo bene per capire che c'era solo il male in lui. Era come se fosse ricoperto da un'aura di malvagità pura.

«Gli occhi gialli del demonio finalmente hanno un volto»

«Non ti aspettavi che fossi come i miei fratelli? Probabilmente hai dimenticato che ero l'angelo per eccellenza, il favorito»

Sogghignava perfidamente, ma più Reina lo guardava più si rendeva conto che aveva ragione, era stupendo e il suo sorriso per quanto maligno era luminoso, a testimonianza che un giorno lontano era stato il portatore di luce. La cosa che la sconvolgeva di più era che in ogni tratto del suo viso, in ogni sfumatura dei suoi capelli, nelle sue folti ciglia e nel bagliore dei suoi occhi c'era qualcosa che la attraeva irresistibilmente, e come se avesse seguito il filo dei suoi pensieri Lucifero le sorrise.

«Ti piaccio?»

«Dove è Samael?»

Lui distese le braccia muscolose lungo i fianchi «Di sicuro gli angioletti lì fuori ti avranno detto che un essere celeste perde la sua forza nel mio regno, rischiando anche di morire vero? Ed è già un bel po' che il mio fratellino è qui»

Certo che lo sapeva, ma sperava di avere abbastanza tempo per portare il suo uomo fuori da lì incolume, qualunque fosse stato il prezzo da pagare giurò che Samael non sarebbe morto.

«Non voglio giocare mostro, dimmi dov'è?»

Lucifero le fece cenno di seguirlo e iniziò a camminare per un sentiero largo poco più di un metro sospeso su un baratro di cui non si vedeva la fine. Reina senza esitazioni si avviò dietro di lui mantenendo una certa distanza poiché sapeva perfettamente che anche se lui le aveva voltato le spalle era pronto a lottare, un guerriero antico e spietato come quello non lasciava nulla al caso, la stava solo mettendo alla prova. Avanzarono fino a quella che sembrava una stanza enorme e circolare, sul lato opposto al loro vide Sam, era incatenato come nei suoi incubi. La testa gli penzolava in avanti, aveva il respiro affannato e i polsi lacerati per via degli strattoni che aveva dato alle catene e i colpi di frusta che gli avevano inflitto gli avevano squarciato la carne sul petto e sulle cosce.

«Sam»

Reina aveva la voce soffocata dalle lacrime, ma non poteva far vincere il dolore. Quando lui sollevò lentamente la testa udendo la sua voce, avrebbe voluto correre dal suo angelo e spezzare il metallo ma si trattenne. Il demonio era ancora lì davanti a lei, con un ghigno perfido sul viso pronto a scattare alla sua prima mossa.

«Vedi mia cara Reina» il bastardo sapeva di avere finalmente il controllo della situazione e delle loro esistenze «Tu sei nata per un motivo preciso, essere qui con me oggi e per sempre. Il nostro Samael è solo un effetto collaterale»

Reina strinse i pugni, gli artigli le erano cresciuti conficcandosi con dolore nella sua carne, doveva rimanere concentrata.

«Liberalo!»

Lucifero le si avvicinò annusandole i capelli, un gesto che le fece attorcigliare le budella.

«Hai un profumo così buono»

«Allontanati da lei»

Un terribile rumore di ferro le colpì le orecchie, Sam ruggì quella frase tirando le catene e ferendosi ancora di più mentre il demonio rideva di soddisfazione.

«Non posso fratello, lei mi appartiene» ma Sam continuava a tirare per liberarsi e raggiungere la sua donna senza curarsi del suo corpo gravemente provato.

«È inutile che ti agiti non puoi spezzare le catene dell'Inferno, solo il mio sangue le apre»

Quella era l'unica cosa buona che le sue perfide labbra avevano pronunciato, c'era quindi una possibilità di liberare l'angelo, ma Reina avrebbe dovuto avvicinarsi a Lucifero il più possibile e doveva decidere in fretta la sua prossima mossa perché il demonio stava perdendo la pazienza.

«Scambio la mia vita per quella di Samael» Lucifero la osservò a lungo in silenzio mentre Sam urlava.

«Non ti azzardare a farlo»

Reina serrò gli occhi udendo le parole del suo amato, non poteva mostrare emozioni, salvarlo era l'unica cosa che contava e pochi istanti dopo lesse il trionfo negli occhi di Lucifero.

«Accetto! E come ricorderai ti avevo detto che avrei voluto tutto da te»

«So bene cosa vuoi, il mio potere, il mio corpo, la mia stessa esistenza. Adesso lascialo andare» Reina si allontanò di qualche passo dando le spalle a Sam.

«Oh piccola Reina, credi che sia un inetto? Prima onora la tua parte e poi io libererò mio fratello»

Lucifero si avvicinò a lei accarezzandole il viso, il luccichio che gli scorse nello sguardo fu sufficiente a farle capire che non lo avrebbe fatto, quel mostro avrebbe fatto o detto qualsiasi cosa per ottenere ciò che voleva, era inutile illudersi, lo avrebbe affrontato senza scrupoli.

«Non toccarla, lei non sarà mai tua!»

Quelle sue dita macchiate del dolore di milioni di anime indugiavano sulla pelle morbida della sua donna «Reina non puoi farmi questo. No!»

Samael urlava come un dannato e anche se le catene gli tagliavano i polsi lui continuava a tirare e ad ogni suo straziante urlo il cuore di Reina si spezzava.

«Ti prego non guardare» gli disse sottovoce lei, mentre Lucifero si faceva più vicino.

«Sei così dolce, sarà un piacere sentirmi addosso il tuo

profumo» lei gli sputò in faccia «Facendo così piccola mi ecciti ancora di più»

Il demonio si pulì il viso con il dorso della mano e poi le afferrò i capelli baciandola con forza, la sua stretta era come quella di un pitone, più lei si divincolava più lui la stringeva. Lucifero premette Reina contro una sorta di altare di pietra che lei non ricordava di aver visto quando era entrata nella sala.

«Mikael! Rafael! Ariel!» Sam invocava l'aiuto dei fratelli continuando ad urlare implorandola di non farlo, di non lasciarsi usare e corrompere.

«Non possono entrare Samael. Hai dimenticato dove ci troviamo?»

Il demonio parlava con voce trionfante con le mani ancora addosso alla sua Reina mentre lei teneva gli occhi chiusi, come se tutto fosse solo un incubo che sarebbe presto finito.

«Reina guardami» una lacrima le rigava il viso «Ho detto guardami maledizione» gli occhi della donna scattarono subito verso l'angelo.

«Preferisco morire in catene che saperti di un altro»

Lucifero le strappò la maglietta toccandola in modo rude, gli occhi di Reina erano ancora puntati sull'angelo incatenato, nel suo sguardo aleggiavano risolutezza e determinazione, e Samael ne fu profondamente turbato.

«Sei sempre stata bellissima, hai preso da tua madre ma sei molto più forte di lei e questo mi fa impazzire»

Perché non combatte? Ha davvero deciso di arrendersi al demonio? Di donarsi al suo nemico naturale, a colui che le aveva tolto tutto? Qualcosa in quel momento si spense dentro l'angelo della giustizia e i suoi occhi divennero scuri come la notte. Stava in silenzio con le palpebre abbassate e il respiro profondo che inaspriva l'aria.

Reina sapeva che Sam ci aveva creduto, ma come poteva pensare che il loro legame si fosse spezzato veramente? Non aveva tempo per farsi distrarre dall'angoscia né tantomeno di fare capire i suoi veri intenti, si concentrò sul demonio che le torturava il corpo.

«Ti farò urlare come nemmeno il mio fratellino è mai riuscito a fare»

Reina abbozzò un crudele sorriso «Devi parlare per forza bastardo? Prenditi ciò che vuoi e falla finita»

Doveva fargli credere di essersi arresa e di stare alla sua completa mercé, ma in quel momento dentro la testa del mostro scattò qualcosa. Iniziò a baciarla con calma, le avvolse i seni con le mani calde come se li venerasse, come avrebbe fatto un amante. *Che diamine sta facendo?*

«Ho cambiato idea, farò ogni cosa per darti piacere. Sarai tu stessa ad implorare che io non mi fermi e a quel punto rimarrai con me di tua spontanea volontà»

La testa di Sam scattò in alto, era troppo per lui e sarebbe morto se un solo gemito di piacere fosse uscito dalla bocca di Reina, non lo avrebbe sopportato. Intanto che Lucifero le premeva le spalle sull'altare per farla sdraiare, la sua Reina lo circondava con le gambe. Quelle gambe che avevano accolto solo lui adesso lasciavano spazio ad un altro, quelle dita delicate risalivano le braccia del demone fino ai suoi capelli mentre lui si chinava verso l'ombelico di quella che fino ad allora era stata la sua donna. Con scatto fulmineo la mano di Reina con gli artigli allungati al massimo, si schiantò sulla schiena di Lucifero, lui urlò di dolore rendendosi conto che lei gli aveva spezzato parecchie vertebre e quando si sollevò cercando di trattenerla la ragazza gli assestò dei potenti calci.

«Cosa credi di fare stupida? Non puoi annientarmi»

Reina si concentrò per rilasciare una scarica di potere fortissima che scagliò il demonio a parecchi metri di distanza.

«Non voglio ucciderti bastardo, non ancora» corse verso Sam con le unghie che brillavano di cremisi.

«Che fai? Scappa»

La donna creò una barriera intorno ad entrambi per impedire che Lucifero li raggiungesse, ma lui era potente e ogni volta che si schiantava contro quel muro invisibile Reina ne subiva la potenza. Cadde in ginocchio con il naso che le sanguinava copiosamente, avrebbe liberarlo Sam a costo di morire lei stessa.

«Il suo sangue apre le catene e io non lo potrò tenere a bada per molto» passò le dita sulle polsiere e quando il liquido rosso toccò il ferro queste si aprirono «E poi senza di te angelo non me ne vado»

Non appena fu libero Samael scaraventò Reina dietro di lui e si lanciò sul nemico con la spada infuocata in mano e tutto il corpo che emanava un blu incandescente. La sua aura ruggiva di dolore e vendetta, quello che Reina aveva davanti era l'angelo della giustizia. Il tormento della sua anima aveva incrementato il suo potere, Lucifero parò i colpi a fatica con la sua spada completamente nera.

«Samael ti ho risparmiato prima perché volevo che assistessi allo spettacolo. Adesso però morirai»

I colpi erano precisi e brutali ma nessuno sembrava avere la meglio, ad ogni impatto tra i loro corpi imponenti schizzava sangue. Erano due furie scatenate, tra loro così diversi e simili allo stesso tempo.

«Reina» La voce di Ariel le arrivava fioca e distorta nella mente *«Trova il modo di aprire la porta devi farci entrare»*

Doveva far passare gli altri nella dimensione demoniaca così da aiutare Sam, quindi si rialzò liberando il suo potere, la pelle si scurì e spuntarono le ali nere che odiava, e a velocità sovrumana percorse la distanza fino all'ingresso degli inferi, pregando che Samael riuscisse a resistere abbastanza a lungo. Orde di demoni cercarono di bloccarla ma lei era inarrestabile, fece a pezzi tante di quelle creature che ormai non riusciva più a distinguerle. Gli unici colori che vedeva erano il nero delle tenebre e il rosso del sangue che aveva addosso.

Arrivò alle porte imponenti percependo l'energia degli angeli dall'altra parte, allora ricreò la barriera per evitare che i mostri la attaccassero, poi posò le mani sulla pietra lucida della parete, lei era entrata senza che le porte si aprissero realmente ma pensò che per gli altri sarebbe stato diverso, perciò iniziò a spingere. Le urla degli esseri infernali si placarono come se non aspettassero altro che quel momento. Reina spingeva forte e non solo con i muscoli, il potere si spandeva dalle sue mani e poi sentì un fiotto d'aria soffiarle sul viso, i battenti si stavano aprendo.

«Ancora un po' piccola non mollare»

Ariel e gli altri erano fuori, Reina aprì quel tanto che bastava per farli entrare, ma decine di demoni si precipitarono nel mondo esterno, azzannandosi l'uno contro l'altro per arrivare alla libertà. Di ogni essere che attraversava la soglia, Reina ne avvertiva l'energia e questo le provocava altro dolore. Non appena furono tutti dentro facendosi largo, uccidendo e smembrando gli esseri infernali, la ragazza allontanò le mani dai battenti e questi come delle molle si richiusero all'istante. I demoni si accalcarono unendosi per spingerla ma quella non si muoveva più.

«Sam è vivo e si sta scontrando con Lucifero»

Mikael corse nella direzione che lei indicò per dare man forte all'angelo. Ariel, lei, Rafael e Lilith si occuparono dei demoni che ancora erano davanti all'entrata dell'Inferno e che li attaccavano da ogni parte.

«Reina devi andare da loro»

«Lilith non vi lascio qui a combattere da soli, Mikael è il più potente di tutti, lui e Sam lo batteranno»

La lupa la spinse via «Tu non capisci, le spade di fuoco angeliche non possono uccidere Lucifero. Pensi che non lo avrebbero già cancellato dall'Universo se avessero potuto farlo?»

Il suo cuore tremò «Cosa?»

Rafael si avvicinò a lei uccidendo altri demoni «Quando Lucifero cadde, nostro Padre era affranto perché lo aveva amato molto. Lui era il suo angelo prediletto, quindi comandò che nessuno dei suoi fratelli avrebbe mai potuto distruggerlo ma solo condannarlo ad una prigionia eterna, sperando che un giorno quel suo adorato figlio chiedesse la redenzione»

Ariel continuò «Tu però non sei un essere celeste e potresti avere il potere di farlo»

Reina metabolizzò in fretta quelle informazioni e scattò verso il suo amore, trovando Samael a terra sfinito e sanguinante, e Mikael ad affrontare uno degli scontri più orribili di tutta la sua vita. Lui pur essendo l'angelo più forte e il guerriero per eccellenza non avrebbe potuto uccidere il demonio, ma morire sotto i suoi colpi forse si. Adesso che li guardava bene, il corpo di Lucifero era diverso, più massiccio e robusto e la sua aura ora era visibile, di un nero intenso. Quella di Mikael invece era luce abbagliante che rischiarava tutto. Era come guardare l'epico scontro senza fine tra la luce e l'oscurità, che non potevano annientarsi a vicenda poiché ciascuna era infondo parte dell'altra.

Ariel la raggiunse e gli bastò guardarla perché lei gli aprisse la mente. Lucifero era forte ma se loro fossero stati capaci di bloccarlo, lei avrebbe potuto infliggergli il colpo finale. Sam si rialzò, probabilmente il fratello con la telepatia stava comunicando a lui e Mikael le loro intenzioni.

«Non potete distruggermi, sono sempre stato il preferito di nostro Padre e lo sono ancora adesso. Egli non rinuncerà mai a me» Nonostante lo svantaggio numerico Lucifero non perse la sua arroganza.

«Taci demonio»

Mikael gli sferrò un altro potente colpo e lui dovette tenere la spada con entrambe le mani per pararlo, finendo con un ginocchio a terra. Samael ne approfittò colpendolo all'altra gamba, Lucifero cadde ma con uno scatto del polso riuscì a lanciare verso Sam una lingua di pietra che si sollevò dal basso e lo ferì al fianco, dirigendosi poi verso gli altri

«Avete dimenticato che questo è il mio regno?»

«E tu demonio hai dimenticato che è anche il mio!»

Con una potenza notevole Reina scagliò un pugno alla base della lingua di pietra che andò in frantumi, infondendo poi nel suolo la sua energia in modo che Lucifero non potesse più servirsene per attaccarli. Ariel approfittando della distrazione del signore degli inferi, si lanciò su di lui in un corpo a corpo brutale e quando riuscì ad immobilizzarlo, fece cenno a Mikael e Reina che scattarono nello stesso momento pronti ad annientarlo.

Reina attinse a tutto il potere oscuro che era dentro di lei concentrandolo nella spada che le aveva regalato suo padre, facendone un'estensione di se stessa così che il suo colpo avesse abbastanza potere da ridurre alla disfatta il demonio.

Appena Ariel diede loro il segnale, Mikael e Reina sferrarono i colpi nello stesso momento e istintivamente Lucifero parò quello dell'angelo poiché era diretto alla gola, così il fendente di Reina com'era nei loro piani, andò a segno conficcandogli la lama nel petto fino all'elsa. L'oscura energia che si sprigionò si riverberò intorno con un impatto che scaraventò gli angeli lontano, mentre Reina non si scalfì per nulla, ormai era tutt'uno con la sua spada e il suo ghigno divenne crudele quando la consapevolezza turbinò nello sguardo di Lucifero. Un corpo immortale poteva ricomporsi e risanarsi a meno che non sia decapitato e lui non avrebbe avuto modo di difendersi in quello stato, né i suoi demoni sarebbero arrivati in tempo per aiutarlo poiché erano bloccati da Lilith e Rafael.

«Stupida donna non puoi battermi!»

«Forse non annienterò la tua anima demone ma il tuo corpo si. E sei così potente portatore di luce, che nessun corpo sarà mai in grado di contenere la tua malefica essenza»

«Ti avrei resa la regina del mio impero» Sangue nero si riversò fuori dalla sua bocca.

«Un regno di morte e dolore? Un luogo di costrizione e torture? Non voglio questo onere, magari non ti distruggerò oggi, ma rimarrai confinato qui in eterno a vagare tra le fiamme dell'Inferno che tu stesso hai creato»

Reina rigirò più volte la spada nel suo petto brutalmente per allargare lo squarcio e infine la tirò verso l'alto tagliandone in due il busto e la testa, la vita abbandonò il suo corpo mentre la sua essenza spariva nelle tetre ombre che li circondavano. Ci avrebbe messo un bel po' per riorganizzarsi e ritrovare la forza di sfidarli ancora, ma Reina sapeva che Lucifero quell'affronto non lo avrebbe mai dimenticato.

«Dobbiamo andare via» Lilith correva verso di lei mentre Mikael e Rafael sollevavano i loro fratelli feriti «Altre orde di demoni stanno per arrivare»

La lupa stava in coda al gruppo per proteggere gli angeli mentre Reina si mise in testa a tutti pronta ad aprire le porte. I demoni tentarono di bloccarli per non farli uscire come avrebbe voluto il loro signore, così avviarono un'altra battaglia per raggiungere la porta e fuggire finalmente da quel maledetto Inferno. Reina ormai era stremata e sentiva scorrerle nelle vene il veleno di molti dei demoni che erano riusciti a ferirla, e il potere che aveva scatenato contro il signore degli inferi era stato logorante. Spinse i battenti quanto più poteva e fu allora che le creature smisero di attaccarli per cercare di fuggire, parecchi di loro riuscirono ad attraversare la porta prosciugando quasi del tutto le forze della donna.

«Siamo usciti tutti tesoro, ora chiudi la porta»

La voce di Lilith lasciava trapelare l'ansia, Reina scattò in avanti e il varco tra i due mondi si chiuse, schiacciando i demoni che vi erano rimasti in mezzo. Il dolore che la giovane provò oltrepassando la soglia fu atroce.

Qualcosa è riuscito a passare.

16

Lentamente Reina riaprì gli occhi. La prima sensazione che provò fu quella di avere la testa dentro un frullatore. *Sono svenuta?*

Sentì la carezza calda di qualcuno sulla mano e si girò senza timore poiché sapeva che era un angelo, ma il suo cuore perse un battito. Non era Sam, accanto a lei c'era Rafael che la scrutava con occhi pieni d'affetto sincero.

«Siamo a casa di Syra, Lilith è qui fuori»

«Come sta Samael? Dov'è?»

La sua voce era un orribile gracchio, sentì la gola riarsa come se non bevesse da troppo tempo e la sua vista era appannata. L'angelo biondo serrò le labbra in una linea sottile.

«Si sta riprendendo»

«Voglio vederlo, Sam!» Reina attese per diversi minuti di vederlo comparire, ma non accadde nulla «Perché non viene da me?»

Il silenzio di Rafael si fece pesante, poi Lilith entrò dalla porta «Ti sei svegliata finalmente»

«Da quanto tempo sono qui?»

«Tre lunghissimi giorni. Sei svenuta quando l'ingresso dell'Inferno si è sigillato»

La ragazza osservò attentamente i corpi di entrambi, non

c'erano ferite evidenti su di loro e di sicuro Rafael aveva curato tutti nei giorni in cui lei era stata incosciente.

«Gli altri stanno bene te lo assicuro»

«Quante creature sono scappate?»

«Parecchie, ma non abbiamo la certezza esatta del numero siamo riusciti ad annientarne gran parte, purtroppo gli altri si nascondono bene»

Le ritornarono in mente le sensazioni di quegli ultimi momenti prima che il suo corpo cedesse allo sfinimento «Qualcos'altro è passato da quella porta, ho percepito distintamente la sua energia. Era molto potente»

Rafael la guardò con tenerezza «Lo abbiamo avvertito anche noi, ma non sappiamo di chi si tratti. Riposati ci penseremo più avanti» Le sorrise e sparì.

Perché Sam non era con lei? Mentre riviveva i ricordi dello scontro terribile con Lucifero nei suoi occhi turbinava un dubbio atroce che Lilith comprese.

«Non è stato semplice per Sam. Ariel è entrato nella sua mente trovandovi solo dolore e un profondo senso di perdita»

Cielo cosa aveva fatto? Nel desiderio irrefrenabile di salvarlo aveva condannato alla distruzione i suoi sentimenti. Quando pensava che lei avesse accettato di darsi a Lucifero, lui le aveva creduto, ricordava il suo sguardo implorante.

Preferisco morire in catene che saperti di un altro

Quella frase le risuonava nella mente come una fitta acuta.

«Oddio Lily cosa ho fatto?»

Calde lacrime le rigarono il viso stanco, la lupa allora la abbracciò forte cercando di darle un minimo di conforto, Ariel che si era appena materializzato ai piedi del letto si schiarì la voce.

«Stai meglio?»

«Vorrei morire»

«Non dire certe cose, sei sopravvissuta ed hai salvato nostro fratello»

«A quale prezzo però?»

Lei chiuse gli occhi e trasse un profondo respiro, Mikael apparve nella stanza e Reina si accorse che il battito di Lilith aumentò impercettibilmente. Determinata a trovare un modo per districarsi da quella terribile situazione che aveva creato, Reina incontrò gli occhi di ghiaccio del Protettore.

«Portami da lui, tu sei l'unico a cui può dare ascolto»

L'angelo però scosse la testa «Non posso, è fuori controllo al momento»

Lei si alzò afferrandogli le mani «Non importa, devo farlo non posso perderlo»

Quel suo sguardo gelido luccicò di comprensione, di dolore e di un altro sentimento che Reina non riuscì a cogliere. Stringendolo si lasciò andare alla disperazione invocando il suo aiuto «Ti prego, ti imploro Mikael portami da lui»

Fu allora che le sue braccia forti la circondarono, era la prima volta che l'uomo che aveva generato sua madre, colui a cui doveva parte del suo essere le manifestava affetto. Le voleva bene e questo fece breccia nella nebbia che avvolgeva la mente di Reina. Lei alzò la testa e gli sorrise gentilmente, lui ricambiò il gesto e dopo averle baciato la fronte svanì.

Reina si guardò intorno non era più a casa di Syra ma era nel salone di Samael. La stanza era irriconoscibile con i mobili distrutti e le pareti piene di crepe e buchi per i colpi subiti. Avviandosi verso la camera da letto vide che lo scenario era lo stesso. Quanta rabbia aveva scatenato nel suo uomo il suo comportamento, in ogni spaccatura dell'intonaco e in ogni strato di cemento saltato dalle pareti riconosceva la furia che si era impadronita di Sam. Pur percependo che l'angelo era lì, Reina sapeva che lui aveva deciso di non manifestarsi.

«Sam, non puoi nasconderti»

Fu allora che avvertì con chiarezza la sua energia pervasa dalla collera e dalla sofferenza. L'aura dell'angelo della giustizia era offuscata da una forza a stento tenuta a freno, era una molla pronta a scattare e lei era l'unica nel mirino.

«Perché sei qui donna?»

Anche se il tono della sua voce era duro, Reina si sciolse al solo sentirla. Girandosi verso di lui una ferita si aprì nel suo cuore, Sam era trasandato aveva la barba incolta, indossava vestiti sgualciti, il viso scarno segnato da profonde occhiaie. *Da quanto non mangia e non dorme?*

«Dimentichi che questa è anche casa mia angelo?»

Lui serrò la mascella con uno scatto furente «Forse lo è stata per un breve momento, ma hai perso ogni diritto, su tutto»

A quelle parole piene di rammarico lo squarcio nel petto di Reina divenne più profondo «Non sono di certo venuta a discutere della divisione dei beni»

Si avvicinò e lo vide tremare, allora allungò una mano verso il suo viso ma lui le afferrò con forza il polso prima che riuscisse a toccarlo.

«Almeno hai avuto la decenza di lavarti»

Senza pensarci gli diede uno schiaffo potente. Come poteva dirle una cosa del genere? L'angelo le bloccò entrambi i polsi dietro la schiena, costringendo i loro corpi ad unirsi, era caldo e forte come sempre. Sapeva che in quello stato era pericoloso perché tremava di rabbia, ma lei non aveva paura, poiché il blu dei suoi occhi lasciava trasparire l'impetuosità del desiderio che provava. Dopo un attimo di esitazione la baciò con violenza come se non potesse farne a meno. Quanto lo aveva ferito lo sentiva nell'aggressività di quel gesto. Sam la lasciò andare di slancio e lei perse l'equilibrio finendo con il sedere a terra, così l'umiliazione e l'ira le montarono dentro.

«Credi che sia stato un gioco per me? Pensi che mi sia divertita a vederti in catene frustato e sanguinante, costretto a guardare mentre le sue mani oltraggiavano il mio corpo?»

Un ruggito assordante scaturì dal petto di Samael.

«Cosa vuoi che dica Sam? Che mi dispiace? Che se potessi tornare indietro farei le cose in modo diverso?»

Lui colpì a pugni chiusi la parete con una forza tale da far scricchiolare l'intera struttura «Stai zitta, non voglio ascoltarti»

Era a pochi passi da lui «Sai che se tornassi indietro lo farei comunque. Darei la mia vita, il mio corpo e la mia anima per te, donerei tutto il mio potere pur di salvarti»

L'angelo scattò verso di lei con gli occhi profondamente scuri «Non dire che lo hai fatto per me, perché io non te l'ho chiesto»

Lei alzò il mento ostinata a non farsi sopraffare dalla sua mole imponente «È strano che proprio tu che sei l'angelo della giustizia divina, non riesci a distinguere ciò che è giusto da ciò che è sbagliato. Quello che si deve fare da ciò che invece vorremmo fare»

Un guizzo di nervosismo sotto il suo occhio sinistro le fece capire che stava iniziando a fare breccia nel muro di risentimento e furore che non lo faceva ragionare.

«Se fossi stata io in catene e ti avessi chiesto di lasciarmi morire, dimmi Samael lo avresti fatto? L'amore che hai sempre detto di provare per me conta così poco? Mi deludi angelo»

La sua freddezza vacillò, in cuor suo Samael sapeva che lei aveva ragione, ma non poteva scacciare l'immagine di Reina intrappolata sotto il corpo di Lucifero. Batté le ginocchia a terra in preda al tormento e si prese la testa tra le mani. Il cuore di Reina tremò, non poteva vederlo in quello stato, gli allontanò le mani dal volto costringendolo a guardarla e quando posò le labbra sulle sue il bacio divenne subito disperato e tormentato. L'angelo la strinse fino a farle sentire il suo bisogno di lei, facendola perdere nel blu acceso dei suoi occhi. Reina fu trascinata in un turbine di emozioni forti, intrecciò le dita tra i capelli dell'angelo, conficcandogli le unghie nel cranio sentendo il sangue scorrerle più veloce nelle vene, ma ancora una volta lui si tirò indietro spingendola via con forza. Determinata come sempre Reina tornò nuovamente davanti a lui.

«Vai via, mi fa male anche solo guardarti»

Reina esitò solo un attimo, poi con forza lo spinse verso la parete premendosi in modo sensuale contro il suo corpo.

«Respingimi quanto vuoi, ma io non mi arrenderò»

Meravigliose ali nere striate d'argento si estesero dalla sua schiena e lui si bloccò. Reina girò la testa verso quelle nuove protuberanze, senza volerlo si era lasciata andare al cambiamento ma sua pelle non era scura, era dorata come al solito e semmai più splendente.

«Che mi succede?»

Lui la fece voltare sfiorandole le piume e Reina chiuse gli occhi estasiata.

«Ora sei tu che controlli il tuo dono»

«Vuol dire che il mio lato demoniaco è svanito?»

«No, l'oscurità sarà sempre dentro di te, ma adesso che sai come gestirla siete una cosa sola»

Sam seguì con le dita le linee delle sue piccole ali e quando indugiò sulla pelle tra le scapole la sentì trattenere il respiro. Chiuse la mano intorno al punto di inizio di uno degli arti piumati e per un attimo Reina ebbe il terrore che volesse strappargliela.

«Fallo se ti farà stare meglio, per colpa mia perdesti una delle tue ali è ora che io paghi il mio debito»

Samael allargò subito le dita lasciando fremere le piume «Non lo farei mai Reina»

«Allora cosa vuoi farmi Samael? Se non vuoi punirmi o castigarmi, mostrami cosa vuoi da me»

Il suo tono divenne sensuale, lentamente con movimenti felini si mosse verso di lui intravedendo le pagliuzze blu elettrico nell'abisso dei suoi occhi. *Sta tornando in sé.* Lui la rigirò di nuovo portandola verso la parete di fronte, facendole sentire il suo respiro sulla pelle accaldata.

«Ti prego Sam sostituisci il suo tocco con il tuo, cancella quella orribile sensazione dalla mia pelle»

L'angelo strinse i denti per l'irritazione, ma lei lo stava implorando di fare ciò che lui desiderava, così le avvolse la gola con la mano, voltandole la testa per avere accesso alle sue labbra. La sua lingua implacabile fu estasi pura per i sensi di Reina. Sam le fece appoggiare le mani alla parete e le strappò via i vestiti, con le mani seguiva ogni curva di quel corpo magnifico che apparteneva a lui. Si tolse i vestiti troppo velocemente perché Reina potesse seguire i suoi movimenti e la penetrò profondamente. La sentì urlare di piacere anche se non era del tutto pronta per accoglierlo, continuando ad affondare dentro di lei senza dolcezza ma con disperazione. Non stavano semplicemente facendo l'amore, ognuno di loro stava rivendicando l'altro.

Sam intrappolò i suoi morbidi seni tra le mani, Reina era in preda agli spasmi del primo orgasmo quando lui aumentò il ritmo, le spinte divennero furiose e incalzanti tanto da farle sollevare i piedi da terra. Quando però Sam sentì l'orgasmo montare dentro di lui, si tirò via dalla sua calda sensualità ed esplose spargendo il suo seme tra il pavimento e la parete a cui ancora Reina era appoggiata. Si era allontanato da lei fino a toccare la finestra con la schiena, lasciandola sconfitta e abbandonata.

Mai Reina avrebbe pensato che il suo sentimento verso l'angelo potesse essere disprezzato a tal punto, così sprofondò nello sconforto, il suo cuore oscuro aveva perso la battaglia per il suo amore. Scivolò lungo la parete fino a sedersi per terra, non era riuscita a riportarlo da lei, non era riuscita a tenerlo stretto, ma solo a perderlo gettando via il sentimento più bello che la vita potesse regalarle.

Lui continuava a stare in silenzio e questo la stava facendo impazzire, doveva andarsene da lì il più in fretta possibile.

«Spero che un giorno tu possa perdonarmi Samael»

L'angelo si era reso conto di essere stato troppo brutale. Accecato dall'istinto di possesso e traviato dalla gelosia l'aveva presa con troppa foga, le aveva stretto la gola esile senza riuscire a fermarsi. Il desiderio e la rabbia dentro di lui si erano mescolati al punto di fargli perdere il controllo e ogni rispetto per la sua compagna. Quando ebbe il coraggio di posare il suo sguardo timoroso su di lei il mondo gli crollò addosso. Reina stava piangendo per colpa sua.

«Mikael» ma il Protettore non venne da lei «Ariel, Rafael» le lacrime iniziarono a rigarle il viso, ormai tutti l'avevano abbandonata «Vi prego portatemi via da qui»

Sam non avrebbe mai voluto farla soffrire, l'aveva fatta sentire indegna del suo amore. Lei era sua dannazione, la desiderava, era pronta a sacrificare il suo corpo e il suo potere, la sua stessa vita per lui. Si rimise in fretta i pantaloni e le porse la una maglietta per farla coprire.

«Ti porto a casa»

Reina non lo guardò, nessun cenno, neanche parola. Tra loro aleggiava solo la pesantezza di un legame spezzato e forse non più recuperabile. Pochi istanti dopo Reina si ritrovò da sola nella sua camera da letto. Al piano di sotto Lilith di sicuro l'aveva sentita arrivare, ma ebbe la bontà d'animo di lasciarle qualche momento per poter riprendere lucidità.

Tutto ciò a cui riusciva a pensare erano gli occhi di Sam mentre era incatenato, le sue parole e il suo sangue che colava dai polsi mentre cercava di strappare via le catene demoniache dalle pareti, ma Reina non riusciva rammaricarsi per aver scelto di salvarlo, anche se per farlo aveva deciso con crudele freddezza di strappargli il cuore dal petto rinunciando così all'unico uomo che avesse mai amato.

Reina stringeva il suo anonimo cuscino come se potesse scappare da un momento all'altro, quando Lily entrò in camera.

«Ti senti meglio dopo la doccia piccola?» nessuna risposta «Vorrei alleviare il tuo dolore o dirti che passerà presto» la lupa si accoccolò dietro di lei stringendola forte.

«Ma non puoi. Devo affrontarlo lo so, solo che non so come fare»

«Non sei sola Reina»

«L'ho perso Lily, se tu avessi visto con quale amarezza e rammarico mi guardava...»

Le lacrime ritornarono a bruciare i suoi occhi già gonfi «Shhh, piccola»

«È così difficile Lily, non riesco a respirare con tutto questo dolore che mi preme sul petto»

Infine Reina si addormentò tra il pianto e le braccia della sua adorata Lilith. Tutto ciò che conosceva, tutto ciò che sapeva essere vero le stava sfuggendo dalle mani, il suo mondo andava in pezzi come il suo cuore. Sentiva l'anima dilaniata dal vuoto, e avrebbe dovuto affrontare il fatto che giorno dopo giorno la sua esistenza non sarebbe più stata colmata dalla presenza del suo amato angelo.

Reina si svegliò sentendo il profumo di caffè e di cannella e scese in cucina dove la lupa la stava aspettando.

«Vuoi fare una colazione da campioni?»

Reina le sorrise anche se con occhi spenti, diede una veloce occhiata alla tavola imbandita di pancake, croissant, bibite, frutta fresca, biscotti e caffè.

«Gli zuccheri aiutano l'umore giusto?»

«Voglio solo canalizzare il dolore Lily. Ho bisogno di combattere e di sfogare tutto ciò che ho dentro per tornare quella di prima»

Prima di innamorarsi, prima di scoprire di essere figlia dell'oscurità, prima di perdere tutto ciò che la rendeva vitale e forte. Gli occhi di rubino di Lilith compresero le sue emozioni, in fin dei conti era lei che l'aveva cresciuta, che l'aveva forgiata, che l'aveva amata come e più di una figlia.

«Andiamo allora, Syra ha scovato un gruppo di demoni che si sono rifugiati tra le montagne ad ovest. Se abbiamo fortuna la potente creatura che è riuscita a scappare dagli inferi è con loro. E domani parteciperemo al rito funebre di Eira»

«Immagino arriveranno sirene da ogni dove per l'ultimo saluto alla loro sorella»

Reina non aveva mai assistito ad un rito del genere e sapeva già che sarebbe stato straziante, ma sarebbe stata al fianco di Calime. Lilith la guardò intensamente cercando di interpretare i suoi pensieri.

«Non dovremmo solo presenziare al rito, ma dovremmo tenere anche gli occhi ben aperti, se Lucifero è arrivato a colpire una creatura così potente potrebbe riprovarci e per quello non gli serve un corpo»

La ragazza annuì sapendo che i timori della lupa avevano più che un fondamento ma si sarebbero fatte trovare pronte, e in qualsiasi caso avrebbero potuto chiedere supporto agli angeli, magari non a tutti.

Mezz'ora dopo erano sulla soglia di casa pronte per uscire, vestite con maglia nera e pantaloni militari a cui avevano legato vari pugnali e altre armi utili, quando Ariel apparve davanti a loro con un sorriso luminoso.

«Vi serve un aereo privato signore?»

Reina non voleva perdere altro tempo, era ansiosa di sfogare la rabbia repressa e l'angelo lo sapeva. Afferrarono entrambe le sue mani e si ritrovarono tra le altissime sequoie di un monte la cui cima era coperta di neve. Dopo essersi guardata attorno, Reina spinse la sua energia per un ampio raggio così da captare la presenza dei demoni e nonostante le creature tenessero un profilo basso non fu difficile localizzarli.

«Sono solo un piccolo gruppo e la creatura non è qui»

Ariel la osservò poi annuì «Quanto è forte la sua energia? Tu l'hai percepita più chiaramente di tutti noi, potrebbe anche essere capace di celare la propria forza per non farsi trovare»

«È molto forte Ariel, credo che non sia solo anziano, ma antico. Non ho mai percepito un'aura simile alla sua. Di sicuro è molto più potente di qualsiasi demone io abbia mai affrontato prima d'ora, a parte Lucifero»

Lilith annusò l'aria «Si stanno muovendo, ci avranno percepiti anche loro»

Reina materializzò la spada e corse nella direzione in cui erano i demoni «Distruggiamoli!»

Con una ferocia e una brutalità possenti, Reina abbatté i primi tre demoni, mentre i suoi compagni di viaggio si occupavano degli altri. La battaglia purtroppo non le era servita a molto, il numero delle creature era davvero esiguo come la loro forza. L'umore di Reina divenne ancora più cupo, neanche gli scontri riuscivano a farle scrollare di dosso quel sentimento di frustrazione che accompagnava ormai ogni suo giorno.

Per tutta la settimana le due donne si concentrarono sulla ricerca e l'annientamento di più creature infernali possibili, incrociando più volte Mikael o Ariel, mentre Reina cercava di mantenere sempre la mente occupata, per non sprofondare nel senso di infelicità che le riempiva il cuore. Di Samael, in tutti quei giorni non aveva avuto notizie, c'erano stati momenti in cui aveva creduto di avvertire la sua presenza, ma poi si rendeva conto di essere da sola. Neanche le sbronze a casa di Syra le tiravano su il morale. Quella sera stessa aveva bevuto così tanto da stendere un bisonte, eppure la sua mente era ancora lucida e immersa nel dolore. Aveva voglia di vederlo, di sentire il suo tocco e la sua voce e allo stesso tempo avrebbe voluto odiarlo, fracassargli il setto nasale e dimenticarlo. Sapeva bene che niente avrebbe riempito quel vuoto che lui le aveva lasciato.

Una mano delicata le strinse la spalla, Calime accanto a lei la guardava con i suoi occhi luminosi e vibranti.

«Sai quando tu sei stata concepita per Ella è stato molto difficile. Il mio caro fratello Evan non ricordava nulla di ciò che era accaduto, nessuno ha mai avuto il coraggio di rivelargli la verità, sarebbe morto per la vergogna di quello che era successo a tua madre perché lui non aveva saputo proteggerla»

«La verità è che probabilmente se mia madre non avesse avuto un'anima angelica non avrebbe deciso di tenermi. Ho visto la violenza che ha subito, forse non sarei nemmeno nata»

Il respiro della sirena divenne pesante, ma mantenne lo stesso uno sguardo amorevole e comprensivo sulla nipote.

«Non dire stupidaggini, tua madre ti avrebbe tenuta con sé lo stesso. Era forte e determinata, era una guerriera anche se non in senso militare e so che tu non ci credi ma le assomigli molto»

«Allora peccato che io non abbia ereditato la sua sensibilità e nobiltà d'animo, qualche virtù mi sarebbe servita a questo punto della mia esistenza»

La malinconia avvolse entrambe «Le sirene dicono che il legame tra due esseri come voi, per quanto raro può essere spezzato. So che adesso credi che sia quello che vi è successo, ma io non la penso così»

«È un ragionamento un po' contraddittorio e comunque credo che ormai sia un discorso superfluo»

«No Reina, devi capire che non vi univa solo quel legame ma anche l'amore e quello mia cara nipotina è un sentimento troppo grande e potente per essere soffocato così facilmente»

«Beh cara zietta, non sono mai stata una ragazza speranzosa»

«Cosa vuoi che ti dica? Io a contrario di te sono un'inguaribile romantica»

«Come fai ad essere così positiva nonostante tutto quello che è successo?»

«Il dolore che abbiamo nel cuore non svanisce né si allevia mia dolce Reina, ma in qualche modo lo facciamo diventare parte di noi per poter andare avanti. Ma ciò che non dobbiamo lasciare andare sono i ricordi di tutte le cose belle vissute, per brevi che siano state»

Ripensò al rito in onore di Eira, tutte le sirene esistenti avevano partecipato, le sue figlie piangevano come anche le sue sorelle, ma alla fine quando era spuntato il sole sulla baia, tutte avevano sorriso mentre il corpo della loro cara si estingueva con il fuoco. Forse è questo che voleva dirle Calime, che l'amore e l'affetto di quelli che ci lasciano resta sempre con noi. Si, questo Reina poteva comprenderlo, anche se la sua famiglia non esisteva più, lei li avrebbe portati sempre nel cuore e questo in qualche modo era una forza in più; ma sarebbe stata in grado di farlo anche con il ricordo dell'amore tra lei e Sam?

Calime la strinse forte scoccandole un bacio sulla guancia «In te c'è molto più dell'oscurità e un po' di fede ti farebbe bene»

17

Il passare dei giorni non faceva altro che peggiorare lo stato d'animo di Reina e questo si rifletteva su tutto, dal suo sempre più indebolito fisico, alla minore concentrazione in battaglia. Era irascibile e non sempre lucida durante i combattimenti e troppo spesso riportava ferite. Lilith era sempre più preoccupata, ma ogni suo tentativo di affrontare la questione veniva liquidato in fretta.

Quella sera Ariel venne a prenderle spiegando loro che gli angeli avevano rintracciato il covo di una creatura potente nelle montagne del deserto di Atacama, in Cile. La lupa era ansiosa di finire la ricerca del pericoloso essere, aveva paura che Reina si sarebbe fatta ammazzare continuando di questo passo.

«Pensate che stavolta ci siamo?»

«Credo di si, Mikael ha setacciato il territorio e ne ha avvertito la chiara presenza. Ovviamente il mostro non è da solo, ha un piccolo esercito di esseri infernali con sé e pensiamo li usi come copertura»

Si materializzarono a notevole distanza dal covo per non farsi notare. Reina lasciò andare il suo potere spiegando le ali e continuando ad osservare Ariel, i suoi occhi non erano limpidi come al solito, l'angelo non aveva detto tutto ne era sicura. Lo sentì inspirare rumorosamente poiché di sicuro aveva ascoltato i suoi pensieri.

«Sai bene che sono troppi Reina, avremo bisogno d'aiuto per annientarli tutti se non vogliamo che quella creatura scappi di nuovo»

A quelle parole il corpo di Reina fu attraversato da un brivido, sarebbero stati tutti presenti. Al pensiero di rivedere Sam il suo cuore perse un battito, lo avrebbe finalmente incontrato dopo settimane di separazione e silenzio, di afflizione e dolore.

«Reina se non te la senti capiremo»

«Non dire idiozie, andiamo a far fuori quella cosa e i suoi tirapiedi»

Si avviarono al punto di ritrovo con gli altri, Reina pur camminando dietro Ariel e Lilith si accorse subito della presenza di Samael. Anche lui era visibilmente provato nel fisico, ma sempre bellissimo. *Non devo fissarlo, non devo fissarlo.*

La donna perlustrò la zona minuziosamente, memorizzando tutti i particolari del luogo alla ricerca di punti strategici. Sentiva lo sguardo di Sam addosso che la avvolgeva e la scaldava. In quel momento capì che tutte le volte che aveva provato la sensazione di essere osservata, lui era stato davvero lì, in fondo non l'aveva mai lasciata del tutto, così Reina sorrise dentro di sé concedendosi un barlume di speranza.

Dunque forse Calime non aveva poi così torto.

Mikael richiamò l'attenzione di tutti «Non sappiamo cosa ci aspetta, né conosciamo l'entità della creatura o la portata dei suoi poteri. Distruggiamo più esseri possibili e individuato l'obbiettivo principale non facciamolo scappare, ma niente mosse avventate, Reina ha percepito in lui un enorme potere quindi non va sottovalutato»

Tutti assentirono e si avviarono dietro l'angelo protettore. Nessuno avrebbe mai messo in discussione il suo ruolo di leader, era stato creato per guidare e comandare il grande e potente esercito celeste e in quel momento tutti i presenti ne facevano parte.

In pochi attimi gli esseri posti a fare da guardia intorno al loro rifugio diedero l'allarme agli altri, scagliandosi contro gli intrusi. Le spade di Reina e del suo gruppo sconfissero molti mostri riuscendo a penetrare nel covo sotterraneo, gli angeli andarono per primi proteggendo lei e Lilith dalle fiammate di alcuni demoni del fuoco. Reina percepiva una potente energia oscura provenire dai meandri di quei cunicoli bui.

«È qui lo percepisco chiaramente»

Mikael le fu accanto guardando sia lei che Lilith «State attente anche lui ci avverte, probabilmente questa è una trappola e farà di tutto per scappare»

Lilith gli sorrise fugacemente e si lanciò contro un demone, Reina fece lo stesso contro altri due. Presto lei, Mikael e Samael si ritrovarono vicinissimi alla creatura. Era immobile, la spalla poggiata contro una delle pareti come fosse annoiato, non riuscivano a vederlo chiaramente, ma aveva un fisico alto e robusto. La sua aura era molto potente nonostante fu chiaro a tutti che la teneva a freno.

«Fatti avanti» la voce di Reina era ferma «Hai sentito demone?»

Mikael puntò la spada di fuoco all'altezza del torace della creatura che ancora non si muoveva, poi lo videro staccarsi dalla parete avanzando di pochi passi senza timore né esitazione. Reina lo osservò bene, i capelli color platino gli arrivavano al mento, questo come tutto il lato sinistro del suo viso era solcato da una larga cicatrice e i suoi occhi di un verde sbiadito erano spenti e senz'anima.

«Tu sei la chiave dell'Inferno, ti ho vista mentre attraversavo la porta» I due angeli si disposero ai lati della ragazza per proteggerla.

«Sono io e visto che mi devi il tuo breve soggiorno di vacanza sulla terra arrenditi e non ti annienteremo»

Una risata baritonale si diffuse intorno a loro «Non mi ucciderai ma mi riporterai all'Inferno? Beh non è uno scambio equo»

Sam fece un passo avanti «Allora non hai altre opzioni demone»

«Avete sempre questa mania di etichettare tutto e tutti»

Con un balzo la creatura cercò di puntare su Samael per colpirlo, ma l'angelo riuscì a scansarsi mentre Mikael affondava dei colpi riuscendo a stento a sfiorarlo. *Diamine è velocissimo.*

Le ali degli angeli erano troppo grandi per muoversi in quel luogo angusto, ma le ali di Reina erano abbastanza piccole da farla spostare agilmente. Seguì i movimenti del mostro riuscendo a sorprenderlo per un breve istante e colpirlo al fianco.

«Sei brava dolcezza, ma non sei abbastanza forte in questo stato» L'istante dopo il demone era sparito nel nulla.

«Riesce a smaterializzarsi!»

Samael urlò quelle parole mentre la creatura riappariva alle spalle di Reina torcendole una delle ali, il suo urlo di dolore risuonò ovunque e in un battito di ciglia l'angelo della giustizia fu sopra al mostro.

«Non osare toccarla»

Il corpo a corpo tra loro fu violento. La capacità di teletrasporto di entrambi non permetteva a Reina di seguire i loro movimenti interamente, Mikael la sorresse e quando anche gli altri angeli li raggiunsero la creatura sparì dalla loro vista.

«Diciamo che per questa volta vi lascerò vivere, così saremo pari per l'aiuto che mi avete offerto per evadere»

La voce divertita del demone arrivava dall'ingresso e dopo una breve risata ci fu solo silenzio.

Sam ansimante riapparve di fronte a Reina «Stai bene?»

Iniziò a tastarle le braccia e le ali, e notando la parte lesa strinse i denti facendoli stridere. Conosceva bene il dolore provocato da quelle ferite.

«Usciamo di qui»

«E la creatura?»

«Abbiamo sbagliato a sottovalutarlo e visto il suo potere di teletrasporto sarà già ben lontano da qui»

Mikael fu d'accordo con il fratello «Sapeva che lo stavamo cercando e probabilmente si era rintanato qui per limitare i nostri movimenti. Ci stava mettendo alla prova, non è un semplice demone quello»

Reina batteva i denti per il freddo e per il dolore «Quando mi ha toccata ho avvertito una fitta glaciale»

«Faremo delle ricerche in tutte le dimensioni prima di affrontarlo di nuovo, dobbiamo capire con chi abbiamo a che fare, è fin troppo potente per lasciarlo in giro»

Rafael aveva curato le ferite di tutti, il danno all'ala di Reina non era stato permanente per fortuna e lei sapeva che il merito era solo di Sam. Il modo in cui l'aveva protetta, e la preoccupazione che aveva manifestato per lei, non facevano altro che confonderla ancora di più.

A notte fonda i suoi pensieri urlavano al punto da non darle un attimo di pace, così Reina uscì sul balcone, voleva prendere un po' d'aria e cercare di schiarirsi la mente, quando avvertì uno spostamento di energia dietro di lei e il suo cuore prese a battere velocemente, Sam era lì.

«Come va il dolore?»

«È quasi passato, Rafael è stato fantastico e tempestivo come sempre»

Non aveva il coraggio di voltarsi a guardarlo, sentiva che stava per cedere e non voleva mostrargli altre debolezze. Già il rimorso di non essere stata all'altezza dello scontro la tormentava, ora più che mai aveva bisogno di aggrapparsi alle sue certezze e di restare lucida.

«Devo ringraziare te se ho ancora le mie ali, se non fossi intervenuto quell'essere me le avrebbe strappate»

Le mani calde di Sam si posarono sulle sue spalle e lei iniziò a tremare «Se fossi stato più attento non si sarebbe nemmeno avvicinato a te»

«Sei comunque stato più veloce, mentre io ero distratta»

Reina si reggeva forte alla ringhiera del balcone, mentre lui continuava a tenerle le spalle, e quando Sam si avvicinò aderendo al suo corpo lacrime copiose iniziarono a rigarle il viso. Aveva tenuto tutto dentro per troppo tempo e adesso che lui era lì, sperava di poter mettere fine al suo tormento interiore.

«Shhh, per favore non piangere, mi laceri l'anima»

Sam le posò un bacio leggero sulla spalla accarezzandole i capelli con gesti lenti, Reina si girò a guardarlo mentre lui la circondava con le braccia e in quell'istante tutto sparì. Il dolore, la lontananza, l'abbandono, la solitudine e l'angoscia non esistevano più. Sam la sollevò tenendola sempre vicina al petto e trasportò entrambi in quella che era stata la loro camera da letto. La schiacciò sul materasso che era adagiato a terra, riempiendola di baci e carezze. Reina notò che la camera era stata ridipinta anche se era ancora priva di mobili.

«La sto risistemando poco per volta» Samael sembrava a disagio per ciò che lei poteva pensare, ed era strano vederlo così impacciato.

Sfiorandole delicatamente la pelle accaldata Sam la spogliò e dopo essersi denudato anche lui, senza mai staccare gli occhi dai suoi l'angelo si immerse dentro la donna completamente.

«Quanto mi sei mancata piccola»

Con un bisogno che sembrava divorare entrambi raggiunsero velocemente il culmine, in un silenzio rotto solo dai respiri e dagli ansiti, i loro corpi si erano subito uniti con una passione ardente come se non si fossero mai separati. Reina si accorse che gli occhi di lui ormai brillavano di quel blu elettrico che lei amava.

«Dimmelo Samael»

Avvolse le gambe intorno a lui e si sollevò dal letto spingendolo a sedersi. Iniziò a cavalcarlo lentamente, infilzando il proprio corpo un centimetro dopo l'altro nel delirio dei sensi. Lo strinse più forte e quando lui succhio uno dei suoi seni, Reina contrasse i muscoli interni per agguantarlo meglio e lo sentì gemere.

«Dimmelo!»

«Mia! Sei solo mia!»

Il mio Samael. Finalmente aveva compreso ed era riuscito a perdonarla. Lo abbracciò nel momento in cui sentì la tensione accumularsi al centro del suo corpo e gli conficcò le unghie nella schiena volendo sentirlo più in profondità. L'angelo allora le sollevò le cosce affondando nel suo calore ancora e ancora.

«Vieni con me amore»

«Oh Samael!»

Esplosero insieme intensificando il piacere l'uno dell'altra. Quella era la prova che nulla era cambiato, le loro anime, i loro corpi e i loro cuori erano ancora uniti.

«È stato stupendo» Reina sdraiata su di lui sorrideva sognante.

«Io sono sempre stupendo»

«E sei anche modesto»

Sentendola ridere lui la avvolse con le braccia «Perdonami. Ero accecato dalla rabbia e dalla gelosia, sono stato un bastardo egoista»

«Sei riuscito a perdonarmi, non voglio altro da te se non l'amore che ci lega»

«Ero in preda al rancore Reina, ero accecato dalla rabbia e talmente disperato che i miei fratelli mi hanno strigliato per bene. Mikael era pronto a picchiarmi se non avessi cambiato atteggiamento alla svelta»

La stima e l'affetto che Reina provava per gli angeli crebbe ancora di più. Finalmente poteva considerare di avere una vera famiglia, lei e Lilith non sarebbero mai più state sole.

«Non devi pensarci, adesso siamo insieme e non conta nient'altro»

Gli occhi di Sam luccicarono d'amore, lo stesso sentimento di cui splendevano quelli di Reina. Lei si sollevò a cavalcioni su di lui.

«Adesso caro il mio angelo distruttore, ti tocca portarmi a fare shopping»

Lui si guardò intorno, intuendo che lei si riferisse al vuoto nella stanza e fece una smorfia di insofferenza «Devo proprio? Questo materasso è così comodo»

Le afferrò un capezzolo con le labbra succhiandolo a fondo, spingendola ad inarcare la schiena e avvicinarsi di più alla sua bocca maliziosa.

«Certo, ma lo era anche il tavolo, l'armadio e la cassettiera che tanto mi piaceva, per non parlare poi del divano. Ohh...»

Con un gesto fulmineo l'angelo l'attirò sotto di sé «Ti comprerò tutti i mobili che vorrai, mettili dove vuoi e come vuoi e poi li distruggeremo insieme»

«Stai dicendo che questa è anche casa mia?»

Affondò dentro di lei lentamente stavolta, avevano molto da recuperare e un legame da rinsaldare.

«È casa nostra amore»

Sapevano di dover affrontare molte altre situazioni critiche, ma lo avrebbero fatto insieme perché avevano avuto fin troppe dimostrazioni che essere separati li avrebbe resi deboli e soprattutto infelici. Non era più ammissibile.

Indice